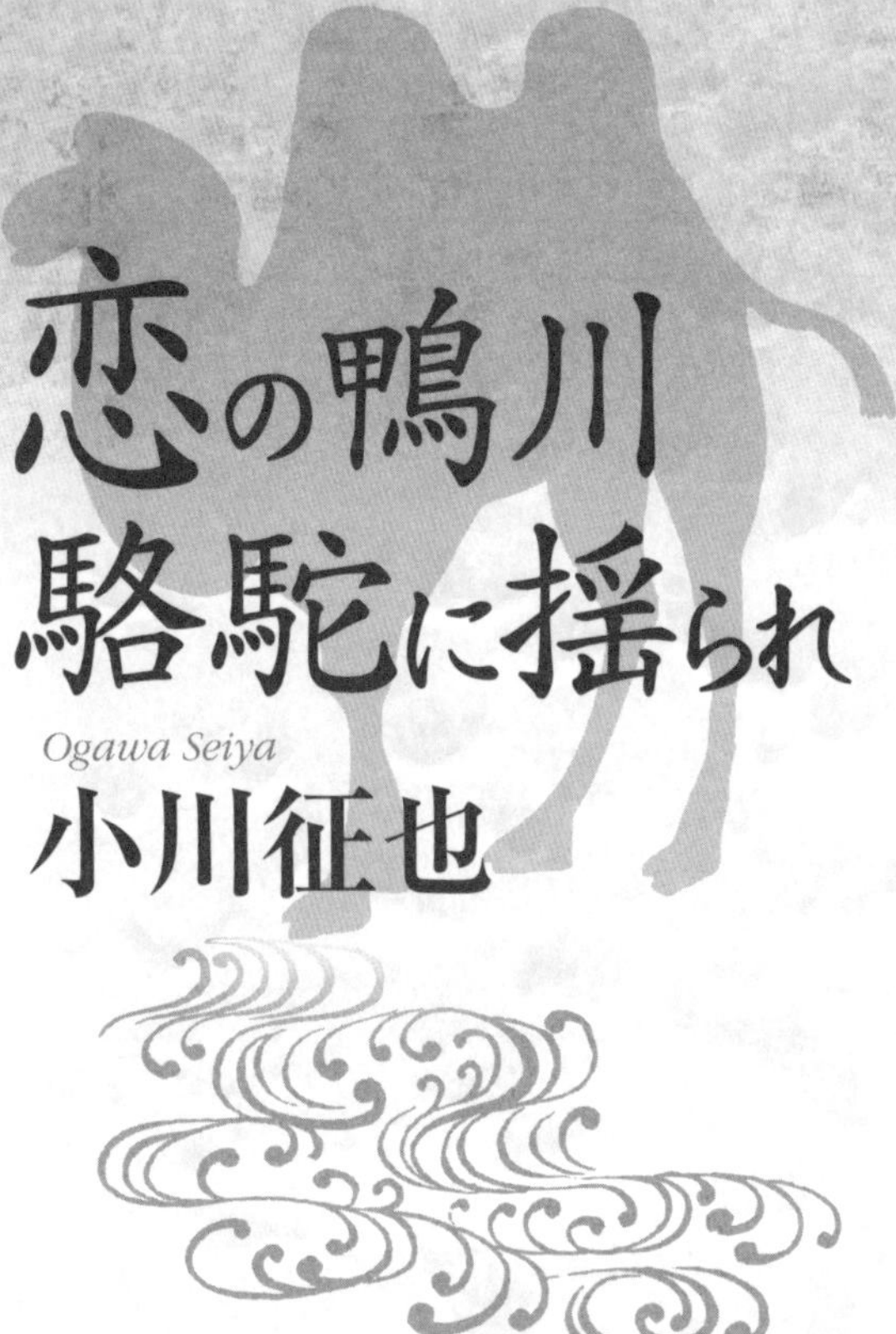

恋の鴨川 駱駝に揺られ

Ogawa Seiya
小川征也

作品社

恋の鴨川　駱駝に揺られ／もくじ

恋の鴨川　駱駝に揺られ

1　出町柳のおかしな出会い

二〇一二年六月。

もう一つの京都。

京都市街を流れる鴨川は、高野川と賀茂川が合流する出町柳辺りからそう呼ばれている。アリシャールにとって三年ぶりのここは、岸辺に薄靄が漂い、青くさい水のにおいがした。それにしても蒸し暑い。

アリシャール、通称アリはタオル地のハンカチで顔を拭いながら叡電の駅前を通り過ぎ斜め前のビルに入った。この二階に「柳水堂」という名の喫茶店があり、京都を訪れる度に毎日のように訪れ、会話禁止のレコード鑑賞室で二時間ほどを過ごす。

この鑑賞室はどこからも外光の入らぬ空間に、二人用の長椅子をならべた席がゆったりと前方に向かい巨大な再生装置と対峙している。その音響はすこぶる鮮明で、ときとして押しつけがましく、それが嫌な人や話がしたい人は通路を隔てた談話室に行けばよい。

アリは中ほどの席に座り、注文を聞きに来たアルバイトらしい娘にホットコーヒーを頼んだ。女性の顔をよく見分けられぬアリであるが、この娘は大学生だと見当がついた。出町柳と同じ青くさいにおいがほのかに流れてきたのだ。

席について少しすると、よけいに汗が出てきた。アラビア半島の湿気はこんなものではないが、酷熱とともに来るので汗も出なくなることがある。これは説明してもなかなか理解されないことだ。

アリは汗を拭くために洗面所に入った。ポロシャツを脱いで洗面台の端に置き、ベルトをゆるめズボンをずらし、ブリーフの上に巻いている胴巻きの紐をほどいた。そして札束の入った部分を肩に乗せ、それに気をつかいながらまず腹から拭きはじめた。

とそのとき洗面所の戸がギーと音を立て、鼻歌まじりに男が入ってくる気配がした。反射的にアリは振り向き、同時にしまったと思った。肩の上に微妙なバランスで乗っていた胴巻きが床に落下したのだ。入ってきた男はアリの顔と胴巻きの双方をまじまじと見てから「失礼」といって出て行った。男は外国人が胴巻きをしていたことに、かなりのショックを受けたようだった。

アリは何だか愉快になった。そうしてその愉快のタネをふたたび腹に巻きながら、これを身につけるきっかけになった事件を思い出し、よけいに愉快になった。

その事件というのは三年前のことで、アリが逗留していた下宿の猫が引き起こしたのだった。

——下宿となったその家は東山の麓、緑につつまれた閑静な所にあった。数奇屋風の平屋建ての奥に二階建てが連なり、その一間を大学時代の友人トム・バーンズが一年前から借りていた。彼は専門学校で英会話を教え京大で井原西鶴を研究していた。とても人懐っこい性格で、家主に頼んでやるから同居しろとしきりにすすめアリも好意に乗りそうになった。しかし彼とはアフリカや南米をともに旅して頻発する寝言に閉口させられている。ときどき混じる日本語に文法の誤りがあるのを指摘して機嫌を損じたこともある。そこでアリは、四か月滞在する間にカワバタの「古都」論を書き上げたいと神妙に決意を披瀝し、空き部屋はないのかとたずねた。トムは悪びれもせず「下宿人は俺とモーリー・テキタワだけで、北側でよければ二間空いてるよ」と教えてくれた。

早速トムはアリを連れて母屋に出向き、家主である七十過ぎぐらいの寡婦に大体の話をした。彼女は商社マンの夫に従って長く外国暮らしをしたそうで、「あなた、結婚したら単身赴任は絶対にいけませんよ」と、将来のための説教をした。アリのことをバガボンドを続けそうな、ろくでなしと判断したのだろう。アリが神妙な顔で「はい、たしかに承りました」と返事し、「これで、下宿の件はパスしたでしょうか」と伺いを立てると、「お貸ししましょう。北側ですからバーンズさんより二千円安くしておきます」と気持ちよく承諾してくれた。ただこの賃貸契約には一つ条件がつけられた。「戸締りは押入れを含めてきちんと守ること。猫が入れる隙間は絶対に作らないこと」

このとき猫は話し合いの場である食堂のスツールを占領し、箱型を作って眠っていた。たいそう大きなトラ猫で、アリが愛をこめて見ていると、「名はアルファルファというのです。そうそう私の名はイムラケイコ。下宿の方々は伝統的にケイコさんと呼んでいます」と自分の呼び方まで教えてくれた。

「それでケイコさん」と試しに呼んでから、アリは「猫はどんな悪さをするのです」とたずねた。

「隙間を見つけて暗い所に入り込むのが好きでね、まあ、閉所嗜好症とでも申しましょうか」

このアルファルファの性癖をアリは二日後に目の当たりに見た。ケイコさんがアリの歓迎会にすき焼きをご馳走してくれ、モーリー・テキタワが余興にフラダンスを披露したときだった。ちなみにこのテキタワはハワイのカナカ人の血をひく青年で清水焼の窯元へ作陶の修業に通っていた。

彼の踊りは腰蓑をつけた本式のもので、その蓑が丈が長く密に出来ていて閉所の条件を充分に満たしていた。猫はこのチャンスを逃しはせず、テキタワが踊りだすや、蓑の中にもぐりこんだ。テキタワは猫のためにか股をひろげ、おもに横方向に移動した。食堂の隣の居間も襖障子が取っ払われ、舞台はかなり広かった。その舞台を、タフワフワイを歌いながらテキタワが一周し戻るまで、猫は蓑から姿を現さなかった。アルファルファもまたフラを踊っていたのだろう。踊りが終わりテキタワが一礼すると、猫は何事も無かったように静かな足取りでスツールに戻りすぐに眠りについた。

その翌日アリはトムとデパートに出かけ、連れ立って帰ってきたところをケイコさんに捕まった。食堂のテーブルに座るよう命令されトムも連帯義務を課せられた。ふとスツールに目をやると猫がいないので「アルファルファ、どうしたんですか」とたずねると、「あの子に罪はありませんからこの場に居させないのです」とケイコさんは変てこな返事をした。じつはこの猫、ばつが悪いもんで自分で姿をくらましたのだが、これはケイコさんの話の後にアリが下した解釈で、独断であるかもしれない。いずれにせよ猫はまた閉所に入ったのだった。今度はアリのボストンバッグのチャックの隙間から侵入して昼寝をし、飼い主に家捜しさせるという面倒をかけたのだ。しかし彼女にとって問題はそんなことじゃなく中に一万円の札束が何段か積まれていたことだ。

「ケイコさん、それはですね」とトムが代わって金の出所について説明した。アリの家はアラビア半島の王族で、オイルダラーで大金持ちになり、一年前父親が死んで相続をした金です、その額もビンラディン家のオサマが相続した三億ドルと比べたら十分の一にもなりませんよと。

「そんなことはどうでもいいのです」とケイコさんはぴしゃりと言い返し、「アリさん、日本文学を専攻したのなら、漱石の坊ちゃんは読みましたでしょ」と少し口調を緩めた。

「はい、三度ばかり」

「あの中で坊ちゃんが便所の壺にがま口を落とす場面が出てくるでしょ」

「下女の清さんが竹の棒でそれを取り上げ、井戸水で洗いますが、どうも臭い。それで清さんはどこかへいってその札を銀貨に取っ替えるのです」

「あなた、この話から思うところがありますか」

「はあ……あっそうか。お札を硬貨に取り替えろということですね」

「何をいってるんです。お金を粗末に扱ってはいけないということ。あんな大金を手元に置かないで銀行に預け、当座の入用分だけ持っていなさい」

「でもねケイコさん、この男は地球の恵まれない子供にとってサンタさんなんです。クリスマスだけじゃなくて年中です」

トムが余計なことを喋ったのでアリはぼそぼそと弁解した。「自分のためにもじゃんじゃん使います。バーンズにもソホーのパブで一度おごったことがあります」

「正確には三度だけどな」

この場はそれでお説教はしまいになった。アリは家主の忠告に従い大金を手元に置かないことにし、ただ銀行へ行っていちいち手続きをするのが面倒なので、駅のコインロッカーにボストンバッグごと入れておくことにした。トムに最寄の地下鉄蹴上駅を教えられ、早速実行した。下宿から十分の所だから散歩のついでにコインを補充すればいいわけだ。

この下宿は朝だけ賄いつきで、家主も一緒である。翌日朝食の後、ケイコさんはちょっと待ってといって、布の紐を指でつまんで持ってきた。紐は二十センチほどの帯状のものに縫い付けてあり、ケイコさんは紐を左右に振りながら「これ、何でしょう」と三人を見回した。

ハワイのテキタワが「それ、ふんどし？　それにしては真ん中のスペースが小さいな」といった。「そう、ふんどしはひらひらして、もっと風通しがいいんだ」とトムも同調した。

アリはケイコさんから渡してもらい、それを目の前に持ってきて観察した。木綿製らしいそれは一種の包装具らしいが、質素な風合いからすると貴重品を包むものとは思えなかった。

「アリさん、札束はどうしました」

「いわれたとおり預けました」

「全部？」

「一個だけ残してあります」

「それ、持っていらっしゃい」

アリが札束を渡すと、ケイコさんはそれを帯状のものの開口部に挿入し、開口部を上にして持ち上げた。札束はエレベーターのように下降し、底で止まった。

「これ、胴巻きといって、こういう風にお腹に巻いて、こうくるの」

ケイコさんは自ら装着の手本を示し、「かつて日本人はこうして外国旅行をしたものよ」と教えてくれた。アリは渡された胴巻きを押し頂き、「ガオー」とアルファアルファの鳴き真似をしてみせた。

さて話を柳水堂に戻すと、アリが洗面所を出て歩きだそうとしたら、さっきの男が目前に立っていた。順番を待っていたのかと思い「どうぞ」と脇へ避けようとすると、「いやそれほど行きたくもないんです」と変な言い訳をしアリの顔を見上げた。一九〇センチのアリとは二〇センチの差があるようで、自然に口が開いて不揃いな歯を覗かせた。

「あなた、だいぶ汗をかいておられたようだ」

男はいいながら肩に下げた鞄から何かを取り出し、ぽんとアリに渡そうとした。

「扇子です。差し上げますよ」

「いやいや、そんなこと、困ります」

「禅宗の高僧の直筆です。私にはもう不要な代物でね」

「そんな大そうなもの、なおさらです」

「美術的価値はそれほど無いのです。私としてもいまさら引っ込めるわけにもいかないし」

男はその扇子で談話室を示し、「ちょっと話していきませんか」とアリを誘った。短時間の雑談まで断る理由が無いのでアリは男について行き、二人用のテーブルに向かい合った。

「私、ハナダミツルと申します」と男は自分の名を教え、「日本語が堪能のようですが、漢字は読めますか」とたずねた。即座にアリは、思いついた「花田満」の文字を空中で描いた。

「ひやー、当たりです」と男は歓声を上げ、しげしげとアリの顔を観察した。

「あなた、中東あたりの方ですか」

「まあ、そうですが」

アリはそっけない返事をしつつ、ライターとしての目を働かせようとした。齢は四十代半ばぐらいだろうか。サファリルックの身なりや伸ばしかけに見える髪の毛などまともな勤め人ではなさそうだが、エクボのような片頰の窪みときょとんとした目に愛嬌があった。アリはこの男に少し興味が湧いてきて、「僕、アリシャールです。つづめて、アリと呼ばれています」と名前を教えた。

「それ、ファーストネームですか」

「そうです、フルネームだと、父の名、祖父の名、一族の名、それに定冠詞なんかもつくから、ジュゲムのポンポコピーほど長くなります」

男は間の抜けた、ゾウアザラシがあくびしたような笑顔を見せ、「アラブの人か」とつぶやくと、「灼熱の太陽、紺碧の空、褐色の砂漠ですね。あなた、日本の湿気は耐えられないでしょう」と同情的な口調になった。アリはこの男に一つ、大事な知識を授けたくなった。

「花田さん、乾いてるばかりじゃありませんよ。アラビア半島の湿気は高温とあいまって熱した海水のような状態を作り出すのです。そこに身をおいても発汗さえしなくなるのですよ」

「へえー、そうなんですか。体内の水分が外の湿気と争って負かされてしまい、外へ出て行けないんですね」

アリは、男の頭の柔らかさに感心した。この男から何か京都に関するネタを引き出せないものか。アリは会話を続けた。

「僕は京都の梅雨が好きで、蒸し暑さは気になりません。汗をかいていたのは蹴上からここまで歩いて来たからです」

「小一時間かかるでしょ。散歩ですか」

「散歩を兼ねて、今の京都について地元の人から話を聞いてたんです」

「あなた、新聞記者さんですか」

アリは反射的に「はい、フリーのね」と答えようとしたが、まだ半人前であるし、相手と気楽な会話がしたいと思い、別のことをいった。

「いいえ取材なんてものじゃありません。一応日本文学を専攻したので、京都をもっと知りたいと思いましてね」

「どうでしたか。地元の人の意見、よかったら話してくれませんか」

アリは、秘密にするほどのことでもないので「いいですよ」と答え、「蹴上から疏水沿いに川端に出てここまで来ました」と経路を説明してから次のような話をした。

一番目は犬の散歩をしていた大学教授風の紳士で「京都は今も学術の都と思いますか」と質問した。すると、「そうやな、駅伝は強いな。とくに女子の大学生がな。けど公立高校はさっぱり京大に入らんし、山中教授かて大阪人やからな」と紳士は犬に引っ張られながら答えた。次に歩道にならべた盆栽に水遣りをしていた老人に声をかけた。「京都の産業は今後どうなると思いますか」。相手は知らん顔で振り向きもせず、こちらも意地になって同じ質問を三度繰り返した。すると老人は「あんた、おけら詣り知ってるか」と逆に問い返し、「はい、八坂神社の」と答えると、「雑煮を炊く火縄が、てんと売れんようになった。そらそや、おせちも冷凍のやつが宅配される世になったんやからな」。老人は吐き捨てるようにいって路地の奥へ姿を消した。三番目は川端通りの手前で車を停め煙草を吸っているタクシー運転手と問答した。「京都は観光ブームといわれていますが実感してますか」「わしは桜と紅葉の時期は休業することにしてるんや。車が混んで商売にならんのや。それよりあんた、東寺に行ったことあるか」「はい、もちろん」「寺やないで。ストリップの東寺劇場や」「いいえ一度も」「惜しいことしたな。無くなってしもうたんや。あんた、すっぽんぽん、わかるか」「はい、丸裸のことで」「あそこはすっぽんぽんどころやなかった。あれを無くすなんて、京都人に反骨精神がなくなったからや。むかしは嚙みつき虎みたいな革新知事がいておもろかったけどな」。

「まあこんな具合で、文学上の成果はあまり得られませんでした」

アリが率直に感想をいうと、得たりとばかり男は扇子を持ち、テーブルをぽんと叩いた。

「やはり、これはアリさんに使ってもらわにゃなりません」

「どうして僕が」

「あなたは今後も京都研究に汗を流すはずです。一方私は汗をかかない体質になったんです」

「それはまたどうしてです」

「七年近く、私は世間とは別の生活をして体質が変わったのです」

「どこかへ修行にでも」

「ある意味ではね。塀の中ですよ。この意味わかりますか」

アリは「はい」と返事し、さりげない風を装いながらあらためて相手を観察した。なるほど伸びかけの髪とか、どこか焦点の定まらぬ目に出所間もない状況がうかがえぬでもないが、秀でた額とか、への字を描く眉とか、丸顔の中に鎮座した鼻などを見ると、律義な人の良い人物とも思えた。もっとも、受刑者がそういうザラにいるタイプであってもぜんぜんおかしくはないわけだ。アリはこの男ともう少し話を続けたくなった。

「塀の中には色々と面白い人がいたのでしょうね」

他の客に聞こえぬようアリは声をひそめていった。対して花田はこれまでと同じ声量で或る男の話をした。

「運動場を毎日逆立ちして何周もする男がいましたよ。あるとき彼に、そんなことして何の得があるのかと聞いたら、逆立ちして見ると、凶暴に釣り上がった目もゆるく垂れているように見えるし、高い塀は運動場の続きのアスファルトにしか見えないというんです」

花田はここで少し声を低め、「いい男でね、京都の人間ですわ。ムショ仲間のうち、あいつとだけは連絡を取り合ってるんです」と、そんなことまで打ち明けた。アリはもっと聞きたいと思い、「その人はごくまともな人だと思いますよ。もっと変てこりんな人に会わなかったですか」と畳みかけた。花田はちょっと思案した後、「そうだ、誇り高き無銭飲食がおりましたわ」と、次のような話をした。

その男は何回か無銭飲食を繰り返したがなかなか刑務所に入れなかった。そこでまず彼は或る鮨屋に足繁く通い顧客としての信用を得るにいたった。この資金は古本回収のアルバイトをしたときポルノ雑誌に挿んであった二万円を当てた。次に彼は親父の法事をやるといって三十人の宴会を申し込み最高のコースを予約した。当日彼は予定の一時間前に鮨屋に連絡し、みんな腹ペコなんで料理はなるべく一度に出してくれと申し出た。一時間後店に着くと、マイクロバスがパンクして自分だけタクシーで来た、他の者は三十分遅れると断り二階の座敷に上がって行った。直ちに彼は三十人の皿から満遍なくつまみ食いし、立っているのも辛いほど腹に収めた。間をおかず彼は挨拶を始め、その声は下までひびいた。「本日はご多忙にも関わりませず、かくも多数ご来会賜り」といった調子であった。さすがの店主もおかしいと気づきパトカーを呼んだ。十分後警官が座敷に踏み込んだとき、法事の主催者は「粗餐の極み、恐縮至極に存じます。どうか皆様、お引取りください。私、図らずも素寒貧《すかんぴん》であり、ただいまより刑務所に行ってまいります。ではご免」と挨拶を閉じるところだった。

アリは思わず笑ってしまったが、逆立ち男はともかく無銭飲食男は刑務所に実在したとは思えなかった。花田が服役の気晴らしに、ありきたりの事件をここまで膨らませたのにちがいない。この男、なかなか芝居気があり小説のネタなら持っていそうだが自分はドキュメントが専門である。そんな思いが顔に出たのか、それを察したように花田の表情が真剣になり、「私自身のこと、聞いてくれますか」と遠慮がちに言い出した。「どうぞ」と答えると、すぐに語りだし、ひと通り話し終えるまで一時間近くかかった。その物語には奇異に感じる箇所もあるにはあったが、淡々とした語り口のせいか、嘘や誇張を思わせるところはなかった。

——花田は大学を出て大手ゼネコンに就職し、二十八のとき資産管理課に配属され三年で係長になった。この課は資産の購入、社の施設の建設、賃料収入の管理などのほか政治資金の運用、支出の業務も行っていた。政治資金には正規のものと裏献金とがあり後者のほうがはるかに大きく、だいたい使途不明金名目で処理されていた。この金の多くは取引先に水増し請求させ、その水増し分を返納させて捻出していた。裏献金の受け渡しは課長が顧問に持参し、顧問を通じて行われ、内部の会計監査は無きにひとしかった。

花田は係長に昇進が決まったとき一度は退社を決意したが結局踏ん切れなかった。係長は経理の衝に当たり、その手でややこしい金を扱わねばならないし、このまま行けば課長に昇進しこの危ない場所から抜けられなくなるのではないか。そんな不安にさいなまれていたが、第一に家族のことを、それにここの課長は出世コースであるのも頭にあって、思い切れなかった。

係長になって二年経ったとき、これまでにない大きな金が複数の企業を経由して一人の政治家に流された。それまで裏献金にもそれなりの自制をしていたのが一挙に覆されたのだ。花田は底知れぬ恐怖と仕事に対する嫌悪感で会社にとどまるのが耐え難くなった。といってても生活のことがあるので、三年後を退社の時期と決め行動を開始した。まず、水増し分の返納用口座をもう一つ会社名義で作り、一年目は二千万、二年目は三千万をその口座から、三年目は従来の口座から五千万を引き出した。当然この最後の分はすぐに発覚し、額が額だけに会社も告訴せざるを得なくなった。むろん花田はそれを想定し長期の懲役は覚悟していた。

横領した金をどうしたかというと、一億のうち二千万は競馬や飲み代に使い、残りはタンス預金にしていた。この金をどうするかについては、いずれ家族の生活費にと考えていたが、妻には離婚ばかりか、以後子供たちとも縁を切ってくださいと言い渡され、取り付く島もなかった。そのくせ女房は実家から一千万出してもらいゼネコンに弁償するという不可解な行動をとった。花田は収監されてからじっくりと考え、この一千万は自分との手切れ金だと気づき、獄中離婚に同意した。

花田は罪責を当初より認め、その使い道については、競馬新聞や双眼鏡の証拠も用意してあった。警察と検察は、捜査の狙いを不正献金に定め、脅しと甘言で口を割らせようとしたが花田はとぼけ通した。

判決は求刑どおりの懲役八年だった。金の使途を裏付ける証拠が少なく、証人に出た妻が夫は賭け事なんか好きじゃありませんと述べたのでいっそう不利になった。裁判官は横領金の多くがまだ隠されていると判断して厳罰を下したようだ――。

アリは聞き終わると、自分の頭をクリアにするため、若干の質問をと申し出た。花田は何なりとと愛想よく応じた。

「家族というものがありながら、よくそんな大それたことが出来たもんですね」

「ええ、裁判官にも聞かれましたよ。あなたが家庭を根底から壊すような行動に出た真の動機は何ですかと。その点は私自身もうまくいえないんですな。強いていえば心を覆い尽くす空虚感とでもいいましょうか。私は小心な人間でそれまで律義に営々と生きてきて、胸がすきっとするような出来事に一度も出会わなかった。それどころか暗い秘密に圧しつぶされながら今後も生きねばならないと思えて仕方がなかった。つまり一切が空しく、どこもかも閉塞してたんです」

「それにしても、家族を犠牲にして、ですか」

「横領計画を立てたとはいえ、自分は虫のいいことも考えていたんです。ひょっとして馬で大穴を当てられるんじゃないかとね。そうしたら口座に返金して、残りの金で何か自営しようと」

「裁判の当時、お子さんは」

「姉が三つ、弟が一つでした。まだその年頃なら父親の起こした事件は記憶に残らないと女房は考えたのでしょう。事件のあまり知られていない、実家のある京都へ引っ越してきたんです」

「家族に縁を切られたのに、どうして京都にいるんですか」

「まあ、その説明もなかなか難しいです。一つはさっき話した逆立ち男が居るということもありますが……じつはアリシャールさん、八千万がですね……京都にあるのです」

花田は重大事を告げるにふさわしい厳粛な面持ちでそういった。アリも内心の好奇心を抑え、くそ真面目な顔をした。

「八千万はタンス預金にしたといいましたが、警察が捜索に来たとき見つからなかったんですか」

「そのとき、もうそこにはなかったのです」

「今、どこにあるんです」

「アリさん、こちらの地理に詳しいですか」

「いいえ、ぜんぜん。いや、京都市左京区若王子町の辺なら知っています」

何の気なしに洩らした言葉に、花田は両方の眉をあげ、敏感に反応した。アリは何かあるなと思いつつ、「前に下宿してたのです。あの辺、ご存じですか」とたずねた。

「いや、東山のほうはあまり……」

花田はそう言葉を濁し、少し間をおいてから「どことはいえませんが、或る所の地中に埋めてあるんです」と驚くべき事柄をすらすらとした口調で告げた。アリは「それ、東山の山中ですか」と口に出そうになったが「まさか二条城じゃないでしょうね。あそこだと徳川の埋蔵金とごっちゃになりますからね」とジョークをいうにとどめておいた。

埋蔵金の在り処もさることながら、アリにはもう一つ疑問に思うことがあった。

「花田さん、その八千万、ゼネコンのものじゃないのですか」

「いやいやそうじゃありません」

花田は強く首を振り、きっぱりと断言した。

「これは私のものです。貨幣には個性がないから占有するものの権利であり、ゼネコンが地中の一万円札をこちらに寄越せという権利はないのです。私、民法の教科書で勉強しました」

「しかしその会社には損害を弁償しろという権利はあるでしょう」

「もちろんです。しかしそれをやると内部のぼろが出てヤブヘビになるから、よう請求しなかったんです。女房の実家から出た金も供託してやっと受け取ったぐらいですから」

アリは花田の一見呑気そうな顔を見ながら、この男、取材対象としての価値がまだ残ってるなと判断した。しかし初対面にしては話し過ぎた気がするし、喉も渇いていた。

「それじゃそろそろ失礼します。また、いつかここで」

アリが席を立とうとすると花田は手で制し、胸ポケットから名刺を出しアリに握らせた。氏名と携帯電話の番号だけが印刷されていた。アリは名刺を持っていないのでホテルの名と部屋番号を教え、それを花田は銀行がくれるメモ用紙に認めた。

鑑賞室に戻り、ぬるい水を飲みながらアリは考えた。あの男はなぜ俺を摑まえ、話し相手に選んだのだろう。作り話で、俺をからかうためだろうか。無銭飲食の話などはその類であろうけれど、その身の上話には事実ならではの精細さと迫力があった。

それではなぜたまたま喫茶店で顔を合わせた人間に恥多き過去など語らねばならないのか。自己の内部に鬱積したものを告白することで、風穴をあけ外へ逃がしてやるためか。だがそれなら、八千万を土に埋めたことまで喋ることはないだろう。

花田がそこまで話したというのは、俺を信用していることを伝えたかったからではあるまいか。しかしなぜ俺があの男に信用されねばならないのか。

それはともかく自分が信用されたとすれば、あの胴巻きがかなり貢献しているにちがいない。札束を持ち歩いているらしいこの男はアラブの金持ちらしいし、胴巻きを身につけているところなど古風な気質も持ち合わせているようだと。

2　座禅の御堂に女の寝息

東山の山麓をゆるゆると、疏水が流れている。岸辺には桜並木をいただく「哲学の道」と呼ぶ小道があり、銀閣寺辺から発して徒歩約二十分、「若王子」という所で尽きている。この終点近く、哲学の道の真下に臨済宗鹿鳴寺がある。

表門をくぐり石畳の道を歩きだすと、二層の本堂の、大男が手をひろげているような、どっしりした構えに迎えられる。装飾といえば花頭窓があるだけで、これは座禅中に居眠りして背が丸くなった人を連想させる。

少し離れて見ると、本堂の後ろに東山の山並みが見える。といっても、堂々とした甍のへりにへばりついているように見え、何だかお寺に庇護されているようだった。

これは、寺川牧が当初受けた印象であった。ところが裏の庭を見せてもらったら考えが一変した。疏水の水を引いた池に花樹や松を配した回遊式の庭を、この山はふわっと懐に抱いていた。

寺川牧がこの寺の一般向け座禅に参加するようになって八年になる。月に一度しか来ないこともあるし、半年ほど全休した時期もあった。自分の参禅ぶりを顧みて気持ちの整理をつけようと間を置いたのだった。半年後、牧は爪先が勝手に進んでいくのに驚きながら、土曜の本堂に上がって行った。遠山住職は昨日も会ったなという顔で軽く低頭し、それで半年の無沙汰を大目に見てくれた。

信心に関していえば、仏教に帰依しようとか悟りを開こうという考えは当初からなかった。だのに、ここの土曜座禅を初めて耳にしたとき、牧はどうしてか心を動かされた。ただ、明確な動機や目的が見当たらず、これでは仏さんを冒瀆することにならないやろか、とためらいを感じた。まあとにかく話を聞いてみようと寺を訪ねると、若い僧侶が応対に出て、それなら何日何時ごろお出でなさいと親切にいってくれた。牧はそのとおり出直し、表のベルを三度押した後「今日は、お約束どおり伺いました」と大声で呼ばわると、手拭で頭をくくり、紺の作務衣を着た、首の太い人物が現れた。「わたし寺川牧と申します」と名乗り、深いお辞儀をすると、「住職の遠山です」と頭を下げて合掌し、「畑をやりながらでもよろしいかな」といって笑い顔になった。何かひと吹きの風で花がぱっと開いたように、太い眉も、ぎょろりとした目も、座りのよい鼻もことごとく笑っていた。「さあ、こちらへ」と住職は先に立って右手の方へ歩きだした。「東司」と書かれた便所の前を通り、左に折れると、テニスコート一面ぐらいの野菜畑があり、作物の中で茄子の花と三度豆の実だけは牧も知っていた。

住職は畑の端で足を止め、作業の段取りを決めるのか、ぐるりと畑を見回した。

「あのう、わたし……どう話していいのか……」

牧は第一問が頭に浮かばず、そんな言い方になった。すると住職は「現下の悩みでも、引きずっている過去でも何でも話したらええ。ただしこちらはそれに解答できるほど修行を積んどらんからな」と優しい声で応え、「それにしても暑いな」といいながら頭の手拭を取った。そして牧が傍にいるのも構わず、頭から首筋へ、作務衣の中へと手拭を移動させ、拭きおわるとまた頭に結わえた。牧は見るともなくそれを見ていて、なぜか温かな安堵感に満たされた。ああこの人なら何でもいえるわ。そう思ったとたん、「住職さん、わたし祇園のお茶屋の娘で、母はシングルマザーなんです」と口走っていた。住職はうんうんとうなずいただけで畑作業を再開し、牧は、畦が起こされ、種が蒔かれ、雑草が引かれている間に、一瀉千里、次のような話をした。

——家は「一力」より二筋南を少し東に入った所にあり、祖母も芸者で大阪道修町の薬問屋を旦那に持ち、その間に出来たのが私の母で、当時の色町はこういう形が珍しくなく、弥栄小学校にはいわゆるお妾さんの子が何人も居てさほど肩身の狭い思いをしなかったようだ。母は祖母のお茶屋を継ぐ意志も芸妓になる気もなく、中学からミッション系の女子校に入りスチュワーデスを志望していたようだが高一のとき自分独りで退学を決め舞妓になった。その間の事情を母は話そうとしないが、やはり普通の家の子でないのが、お高くとまっているあの学校では居辛かったのと踊りの名手だったからではないか。母は衿替え、つまり舞妓から芸妓になってわずかの間に名花といわれるようになり、一番の売れっ妓になった。けれどこの名花は身持ちが堅くボーイフレンドの一人もいなかったくせに二十五のとき妻子ある男と恋愛し、ほどなく身ごもり、覚悟のうえで出産した。祖母はむろん聞かされていたのだろうが、早耳の祇園まちでも、この恋の噂は立たなかったらしい。それほど短い恋だったのか、母がすっぱり断ち切ったのか、父親がどんな人かいまだに母は教えようとしない。小さいとき何度もたずねたけれど、「お母ちゃんをお父ちゃんと思ってちょうだい。一人二役で偉いんや」の一点張りだった。呆れたことに母は三年後にも同じようにラブアフェアを起こし、妹の理恵を産んだ。祖母がお茶屋を営んでいるといっても祇園に往年の活気はないし、二人の子を育てるのは並大抵ではなかっただろう。旦那持ちでないから衣裳代も諸掛も自分で稼ぎ出さねばならない。おいそれと豪華な着物など作れずそれを芸でカバーすることになる。それがまた陰口のタネになったようだが母は常に毅然としていた。私が中学生になるのを機に、祖母は玄関の隣の長火鉢やなんかがある部屋と次の間をつなげてバーに改造し、母も芸妓よりこちらを主力にするようになった。お茶屋の建物は京の町屋と同じウナギの寝床で、バーの隣にも一部屋あって、それから中庭を挟んで離れがある。お茶屋の客をもてなすのは二階の座敷なので、子供にあてがわれた離れはさほど遊楽の音は聞こえない。それでも母はバーを造るとき離れに二階を増築して防音装置をつけ、私と妹に個室を与えた。私は将来学者になりたいとねがっていたが、自分の偏差値を見ると母の通った女子校ぐらいしかなかった。私はここに入学し、二年間は真面目に勉強しトップクラスになったが、三年の初めに一年上の生徒が自殺するという事件が起こった。美少女で秀才で裕福な家の子だった。どうして、あんなに恵まれた人が死ななければならないの。私はこの死に大きな衝撃を受け、急停車したように勉強をしなくなり、そのかわり朝の礼拝に耳を傾け聖書を真剣に読むようになった。初めはひどく懐疑的になり、イエスの行った数々の奇蹟や、とりわけマリアがイエスを処女懐胎したという事実は信じ難かった。これに関する記述はどの福音書も簡単に触れて済ませてあり、どの解説書も、なぜ男の人とそういう行為をしなくても懐妊したかについて、説明を省いていた。私は次第に暗鬱な精神状態になり、その上に特殊な生い立ちがかぶさって、闇の中を彷徨しているような日が続いた。それでも私は懸命に福音書を読み、とくにイエスが磔刑されるくだりは繰り返し読んだ。すると或る日突然、瞼のうちに苦痛を耐え忍ぶイエスの姿が現れ、同時に自分の肩がすーっと軽くなるのが感じられた。そのとき私は観念ではなく、体の隅々にまでイエスの罪の贖いを実感したのだった。

私は直情的な性格らしく、そのときから一生を神に仕える身になりたいと願うようになった。成績は下がる一方で、高一の一学期末、学校に呼ばれた母は私にボーイフレンドが出来たのではと心配しながら戻ってきた。「あほくさ、そんな浮ついたことやないわ。わたし京大やめて修道院に入ろうと思うねん」というと、母は大笑いして取り合わなかった。二学期末にまた呼ばれ、娘から同じ返事をかえされるとさすがに真剣になった。

「あんた、修道院がどれほど厳しい所か、わかってるのか」

「うん、わかってるよ」

「牧はな、正義感が強過ぎるんや。そやから修道院におさまっていられるわけがないわ」

「わからへん、何がいいたいのか」

「五年生のとき、東北から転校生が来て、いじめっ子がずーずー弁を真似したことがあったわな」

「小野文昭君や。小野君、だんだん喋らんようになったのを見て、可哀そうになった」

「それで牧、いじめっ子に何をしたんかいな」

「昼休みに、ふかしイモを口に突っ込んでやったんや。以後ずーずー弁を真似させんようにな」

「そのイモふかしたの、母ちゃんやで」

「イモと修道院とどんな関係があるのん」

「牧が修道院に居て、外であんたが放っておけないような不正が起こったとすると、どうする？　外に出たくても修道院の規律はそれを許さないのや」

「マザー・テレサはちゃんと社会活動したはるでしょ」

「あんた、マザー・テレサになるつもり」

「いいえ、一つの目的を果たすまで修道院から一歩も出ない覚悟です」

「目的って何？」

「神にもう一度歴史に介入してもらうためや」

「神に介入?」

「神は人の子としてイエスを遣わし罪の贖いをおさせになった。つまりこれが神による歴史への介入や」

「それぐらい、知ってます」

「神がそうされたにもかかわらず、人間はますます邪悪になり不正が横行している。だから神はもう一度罪の贖いをさせるため人の子を遣わされるはずや。誰かに処女懐胎させて」

「あんた、まさか……まさか、牧が……」

「処女懐胎したいんや。わたしならそれが出来る、そんな気がするんや」

私は、濡れた黒真珠のような母の目を見つめながら少し挑むような口調でいい、なおも「処女懐胎」を繰り返した。自分がシスターになりたいのは本気だし、処女懐胎も、「私に出来ないことは何もない」と断言される神ならば叶えてくださるのではないか。

いま考えると、不倫の恋で二度も懐妊した母に対する屈折した思いがそういわせたとも思えるのだが、そのときは真率に胸のうちを吐露したつもりだった。ところが母はそう受け取らなかった。「牧はなんてひどいことを。わたしは正しく生きてきたんや、疚しいことなど一つもしてへん、精一杯生きてきたんや」。母は私にぶつけるようにいうと、わーっと大声をあげて泣き出した。まるで咆哮そのものであるその声は防音装置を簡単に突き抜けたらしく、祖母がおろおろしてやって来た。「何でもあらへん。泣いてなんかいませんて。ここの防音には大金かけたさかい、おばあちゃん、何かの聞き違いやわ」。

私はそれまで母の涙など一度も見たことがなかった。それが、この圧倒的な泣きっぷりを見て胸を激しく揺さぶられた。ああお母ちゃんの娘でよかった、これからも娘であり続けたいな。そう思うと、処女懐胎の願望はすーっと聖書の中へと遠ざかった。

私はふたたび勉強に精を出し京大の理学部に合格した。そうして二年間、幅広く講義に出席し、ヒトはなぜ他の生物より偉いのか、の疑問を持ちつつも研究テーマを模索した。しかしついに自分を魅了してやまない未踏の地は見つからなかった。私は退学を決心し、今はバーテンダーの専門学校に通うかたわら家のバーを手伝って食べさせてもらっている――。

牧はここでようやく口を閉じ、ひと呼吸置いてから、土の上に身をかがめている住職に声をかけた。

「以上のとおりです。こんないい加減な人間ですけど、座禅に寄せてもらってよろしいやろか」

住職は身を起こし、牧をくるみこむような眼差しで見た。

「いつでもおいで。ただし、なんぼ座禅しても、処女懐胎に行き着くのは無理やで」

アラビア半島はイスラムの地であり、その教えは礼拝などの信仰上の義務ばかりか、食物、衣服の着方など生活の細部に及んでいる。つまりここでは生まれる前からコーランの揺籠が用意されているのだ。

アリにしても、そう熱心ではないものの、これまでイスラム教徒であり続け、日に五度の礼拝もなるべく欠かさないようにしている。アッラーの神は、信仰を篤くすればエデンの園に入ることが出来、泉のほとりの木の蔭でおいしい水をとくとくと飲めると約束している。アリも中学ぐらいまで、この約束を頭から信じていた。いや今も頭の半分はそうなのだが、高校に入る頃から疑問が生じ、こんなことを考えるようになった。

神はエデンの園というけれど、もしかするとこの世がそうなのではないだろうか。今から百年前、いや数十年前までこの地は酷熱と乾燥の不毛の地であった。人々はわずかの水、わずかの草を求めて転々と遊牧の暮らしをしていたのだ。それがどうだろう、石油と天然ガスのおかげで、水は地下千メートルから汲み上げて豊富になり、街には木が繁り、家にはエアコンが付き、ナツメヤシは灌漑施設で大量生産されるようになった。

これこそエデンの園ではないか。

アリは書物を読み漁り、下男のケマルからベドウィンの遊牧生活を聞き、懸命に考えた。人々は過酷な、生と死が背中合わせになったような境遇にあってこそ神を見たのではなかろうか。ひと家族を養うに足りぬほどのイチジクの実をやっと見つけたとき、かえって神を信じる気になったのではないだろうか。

アリはまたこうも考えた。われわれは砂漠において太陽と月と星を与えられていた。落日の輝かしさ、砂丘を彩る月明かり、満点の星らは、神が砂漠の民に金や宝石のかわりに下さった賜物ではなかろうか。

それだのにわれわれは砂漠に重機を入れて都市を築き、エデンの園に似た庭園を造り、あまたの財物を手に入れた。

われわれの魂の中でアッラーは死んだのか。われわれはもう砂漠の民ではなくなったのか。

アリの胸の奥に、砂漠への想いと無一物に対する憧憬が棲みつき、離れなくなった。それだから現実は砂を噛むような、空しい虚構と思えてならなかった。

アリが座禅に関心を持ったのは、このような心のありようが作用したのかもしれない。といってもいきなりこれに飛躍したのではなく、その源は中学から始めた柔道によって日本を知ったことであろう。アリは武士道の本なども読み、遠いこの国に憧れを抱くようになり、ロンドン留学で日本文学を専攻するまでになった。或る日専攻の同じ英国人から禅文化センターの座禅に誘われた。これは自分の心身をすべての束縛から解き放つ修行と聞かされ、砂漠の無に向きがちな自分の心と通じ合うのではと思った。週に一度アリは禅文化センターに通うようになり、六年前初めて来日する際、センターの僧侶に鹿鳴寺の土曜座禅を教えられた。日本についた翌日の土曜日、アリは早速実行に及び、まず住職に挨拶に向かい、「イスラムなんですが、よろしいでしょうか」とたずねた。住職はアリをからかうように目をくるりと一回転させ、「あなた、来世は信じてますか」と訊き返した。「はい、信じるというよりエデンの園に入れてもらいたいと願っております」と答えると、「私は座禅中にカリョウビンガの声を聞いたことがある」と、それだけいって座禅の行われる本堂を手で示した。

アリは日本文学に関してはかなり読んでいるつもりでいたが「カリョウビンガ」の何たるかを知らず、ホテルに戻るとすぐに辞書を引いた。「極楽にすむ鳥。顔が美女のようで声が美しいという」とあり、禅でいう無の境地とは美しい鳥が歌うエデンの園と同じと暗示されたともとれるが、「まあ気楽にやんなさい」と励ましてくれたのだとアリは勝手に解釈した。

それから六年が経ちこれが三度目の来日であるが、門をくぐると住職の言葉がたちまちよみがえり、気持ちを落ち着かせてくれる。世界のあちらこちら、道場でない所でも(たとえば出町柳の柳水堂なんかでも)座禅を組むが、ここが一番好きな場所である。まだまだ未熟だからか、山麓の緑の木立に囲まれ、澄んだ空気と静寂の中にいると、心身脱落が体現されるような気分になる。道元も「道場の最好は叢林なるべし」と述べられている。

今日こそは、とアリは念じながら本堂に入り、中ほどに空席を見つけ、結跏《けっか》の形に脚を組んだ。それから両手で楕円を描こうとして、「あっ」と気がついた。今日こそは、の気負いそのものが雑念ではないか。

大蠟燭の火影が念持仏をほのかな金で照らしだし、砂庭に月明かりが映えるのか花頭窓がうっすらと青い。やがて香が立てられ引磬《いんきん》が三度打ち鳴らされると、アリは瞼をゆっくりゆっくりと閉じ、呼吸へと意識を向ける。そのうち呼吸が長く深くなり、外界の一切が遠ざかったような、呼吸のみに意識が集中されているような感覚が訪れる。

いつもはここで、もう少しで無の境地に入るぞなどと考えて失敗し、初めからやり直すことになる。ところが今日は、そこまで行く前に夾雑物が侵入してきた。耳奥に砂漠の砂がさらさらと流れる音がし、次は飼っていた駱駝のアニヤの青草っぽい息のにおいが鼻をかすめた。いったいこのような雑念が入り込むのはリラックスし過ぎるために起こる現象なのか。

ここの土曜座禅は十分の休みを挟んで四十分ずつ二回行われる。アリはその休みの間も自戒をこめて座禅を続け、隣がどんな人か注意を払わなかった。さすがに二度目では砂漠は現れず、空っぽの充実感ともいうべき状態が近づきつつあった。

とそのとき、そんな無に近い空間に、ひと筋の光のように、ひと吹きの風のように、隣から寝息らしいものが伝わってきた。アリはおやっと思ったが、まさかと考え直し、座禅を続けた。するとまたしてもそれが聞こえ、アリは思わず瞼を開き、そちらに目をやった。ブルーのスラックスと白いスエットシャツがまず目に入り、腰と胸の曲線が瞼のうちに残された。女は一定の間隔をおいて居眠りするらしく、うまく警策を外して寝息を洩らしていた。そういう本能の持主らしい。

何度目かの寝息で、アリは目をみひらいて女の顔を観察した。そして、あっと驚きの声を上げそうになり、直ちに、そんなことはあるまいと脳裏に浮かんだ考えを否定した。

それにしても、寝息が気になって仕方がなかった。それはフルートの奏でる、消えがての余韻のように美しかった。この寝息の持主はその顔にふさわしく気立ての優しいひとにちがいない。そう思うとまた喉元に驚きの声が上がってきそうになった。

あれは四日前のことだ。アリは石巻から小牛田行きの列車に乗り込んだ。車内はがら空きで、アリは四人掛けを独り占めし、今しがた見た大川小学校の光景を思い返していた。類まれなほど牧歌的な地を襲ったあまりに大きな悲劇。アリは目ににじんでくるものを瞬きして防ぎ、あれを原稿にまとめる難しさを思い溜息をついた。列車がゴットンと動きだし、アリはふと女の乗客に気づいた。彼女は二列離れた二人掛けの席にこちらを向いて坐っていた。草色のミリタリー・シャツを着て化粧気のない顔をやや斜め外に向けている。色白の頬、ほっそりしたうなじ、やわらかそうな黒髪。目は切れ長で、遠くの一点を見ているらしく、放心したようにも何かに一途なようにも見えた。

アリは、二十八のこの齢になっても女性の顔を見分けるのが苦手だった。あるいは先天性かもしれないが、同じような顔をした三人の女性に育てられたこと、女はヴェールで顔を隠す故郷の習俗の影響もあるのかもしれない。

列車で会ったあの人にしても、顔の造作やそのおさまりようを網膜に刻んだわけではない。それに自分は気仙沼に行くため十分少しで列車を乗り換えねばならなかった。だからまるで自信はないのだが、隣の女を見て、あっあの人ではないかと、霊感みたいなものが脳裏を走ったのだった。

座禅がおわり、樫の棒を気づかうこともなくアリは隣へ頭をめぐらした。まだ瞑想中なのか目が覚めないのか女の顔は静止したままだった。やわらかくカールした髪が横顔を半ば隠し、形のよい鼻と少しめくれた唇を浮き彫りのように見せていた。

一つ咳払いをすると、女ははっとしたようにあごを上げ、ほそい首をアリの方に捻じ向けた。そして、ひたむきに見えるほど目をパチパチとさせ、やっと焦点が合ったのか、はにかむような笑みを浮かべ会釈をした。アリも会釈をかえし、「何か、いい夢見ましたか」と小さな声でいった。

「わたし、いびき、かいてたのですね」

僧堂は私語厳禁だからアリは口に指を当てながら立ち上がり、先に歩きだした。アリは雪駄、女はスニーカーなので、アリは先に本堂を出て外で女を待ち、また先に歩きだした。そして表門までの二十メートルほどの間に後ろも見ずに次のことをいった。

「道元が中国で修行していたとき、隣の僧が居眠りをし、師の如浄に大声で一喝され、これによって道元は大悟したといわれています。先ほどあなたが一喝されていたら僕は悟りを開いたかもしれへん」

男は背丈が一九〇センチぐらいで、牧より二〇センチは高く、肩幅も広く、その歩き方は一歩一歩大地をつかむという風だった。顔は浅黒く、彫りの深いあごの張った骨格はいかにも意思が強そうだが、奥まった目に純な光があり、鼻の下のひげが何かくすぐったそうで愛嬌があった。

牧はこの外貌を本堂の大蠟燭と外の月明かりだけで目に植え付け、出身は中東かなと見当をつけた。黒い髪の毛が天然にちぢれているところもその印象を強めた。

男は門を出ると後ろを振り返り、「ほな、さいなら」と京都弁でいって右の方へ歩きだした。


「あのう」

思わず牧は声をかけ、そんな行動に出たことにわれながら驚き、あわてた。とっさに男の足の方向が市街と反対なのに気づき、「お家、そっちの方なんですか」と言葉をつないだ。

男は立ちどまり、雪駄をズズッと回転させ、体の向きを変えた。

「家は持っていません。宿はこちらの方角ではありませんが、イスラムではモスクの帰りは来たときと別の道を通らんならんのです」

「へえー、イスラム教徒が座禅しやはるんですか」

「へえー、あなたは仏教徒ですか」

男の目は笑みをたたえ、あんたほんまに仏教徒ですかといっていた。そらそや居眠りなんかしてたんやもの。

「ひとこと、お詫びをいわないとね」

「僕にですか?」

「寝息を立てて、悟りを開く邪魔をしたんやもの」

「たしかに、妙なる音でした。また聞きたくなるような。ほな、また」

男は軽く手を振った。

「あのう……わたし、恐い夢を見ていたんです」

男はくるりと背を向け歩きだそうとしていた。牧の声は背中に叩きつけるような調子になった。

「恐い夢というと？」

男は足をとめ、顔だけ牧に向けた。

「わたし、男に襲われたんです。一九〇センチぐらいある大男に」

「今も、恐いですか」

「はあ……少しは」

牧が話の行きがかり上そう答えると、男はまた雪駄の音をさせて向き直った。

「どこで男に襲われたのです」

牧は答えに窮し、二、三秒必死に考えた。いま自分の頭を占めているのは、まだ家に帰りたくないということと、もう少しこの男と話を続けたいということだけであった。

「どうも、あの辺のような気がします」

牧は、表門に突き当たる住宅街の道を指さした。

「あっちはわりと明るいけどね」

「でも襲われたことは襲われたんです。夢だから辻褄が合うとは限りません」

牧がとっさに思いついた理屈を強調すると、「こっちの道は暗い」と男がいった。

「えっ、それが何か……」

「僕はちょっと哲学の道を散歩します。あそこは暗くて危ない所です。ただし夢の続きなら辻褄が合わないから、暗くないかもしれへんな」

どうやらこれは誘いの言葉であるらしい。その誘いに牧の足はすぐに反応し前に出そうになった。それを爪先に力をこめてとどまらせたが、口が先に、取って付けたような台詞を喋っていた。

「夢の話、聞いてもらおうかな」

哲学の道へは、鹿鳴寺を塀伝いに行けば、あとは鉄の階段を上るだけである。その間に二人は名前を教え合った。

今夜は半弦の月がのぼり、星明りもあって疏水沿いの道はほんのり明るかった。岸辺の木や植え込みの葉群にもまだらな光が宿り、風でそれが動くと、あっ蛍かと思わせた。牧は祇園の白川で一度、蛍の乱舞を見たことがあるが、ここの夜は来たことがなかった。

アリシャール、略称アリは牧に合わせるため普段の歩幅を取らぬよう気づかっているらしく、一歩ごとに雪駄が窮屈そうな音を立てた。これは地面を強く踏みしめるせいもあるのだろう。

「アリさん、お国はどこですの」

「僕は国に対する帰属意識は持っていないのです」

「故郷は砂漠とちがいますか」

「どうしてわかるのです」

「歩き方が駱駝みたいだから。うそ、わたし駱駝のこと何も知らんのに」

「うれしいです。僕、駱駝のにおいするでしょ。ベドウィンですから」

牧は口で「くんくん」と鼻を鳴らす真似をし、「わからへん」と首を振った。牧のこれまで二十八年の人生は駱駝のにおいにも、男の汗のにおいにも縁がなかったのだ。

牧はもう夢の件をすっかり忘れていたが、アリが憶えていた。

「そうそう、あなたを襲った男、背が一九〇センチといいましたね」

「はあ、はい、いいました」

「あのとき僕を見ながらいいましたが、僕の身長は一九〇センチです」

「あれっ、夢の男はアリさんだったのですか」

「そんなわけあらへん。座禅に集中していて人の夢に入り込むなんて出来ますか」

「ごめんなさい。その男の背丈、夢の間に一九〇センチをはるかに越しました」

「参考のために聞かせてください。その男、いきなり襲ってきたのですか」

「黒マントを着ていて、それをぱっとひろげ金ピカの裏地を見せたのです。わたしの目が眩んだ隙に抱え上げられたのです」

「それからあなたをどこへ連れて行ったのです」

「天の方へ。男の背がぐんぐん伸びるんです、ジャックの豆の木のように」

「すると、マントの丈も、いっしょに伸びたんかなあ」

「あなた、それ、このストーリーに関係あります？　だいいち男の両腕に抱かれていてマントどころやあらへんでしょ」

「ここを見てください」

アリは足をとめ、自分の足元を指さした。牧が屈んで見ると、ズボンの裾がアキレス腱の上に来ている。

「これ、背がぐんぐん伸びたわけやない。どうも座禅でちぢんだらしいわ」

「あのね、アリさん、脱線しないでほしいんやけど。それでそのズボン、どこで買わはったん」

「イタリアのミラノです。中国製やけどね」

「あなた、世界人ですね、京都弁も上手やし」

「さて、話はどこまで進みましたっけ」

「背が豆の木みたいに伸びてゆくところ」

「それ、いい夢ですよ。ジャックはたしか木のてっぺんで金貨と金の卵を産むニワトリを手に入れたもの」

「豆の木とちがって、男の背はどこまでもどこまでも伸びてゆくのです」

「わあ、恐いなあ」

「ほら、恐いでしょ」

「わがアラビア半島に八百メートルのビルがありますが、施主はまだまだ伸ばすらしい」

「サグラダ・ファミリアみたいね」

「施主のおっさんはガウディとは大違いで、ただの功名心からそうしてるんや」

「石油で大金持ちになった人ですね」

「わが半島はこないだまで遊牧か、アラビア湾で真珠取りをして心豊かに暮らしてたんや。もっとも真珠は日本のおかげで破産したけど」

「それ、養殖真珠のこと？」

「御木本幸吉いうおっさんに、してやられたわけです」

「それで、石油なんかに手を出したのね」

「それを日本に売って、恐い恐いビルを建てているのです」

「日本が全部悪いんや。かんにんかんにん」

「いや言い過ぎました。こちらこそかんにんです」

アリは足をとめ、長身の背を折って膝に手を置き、頭を下げた。じつにぶきっちょなお辞儀なので、牧は思わず笑い声を出した。アリが憤然とした顔で質問を発した。

「あなた、正座、どのぐらい出来ます」

「さあ、どうやろ。長いことしたことないんです」

「僕は二時間ぐらい出来ます。鼻に蠅がとまっても動きません。柔道をやってたんです」

「ああ、そうなの。その関係でこちらに来てはるんやね」

「寺川牧さん、京都は古都として存在してるんだろうか」

人の話を聞いてないのか、アリが唐突に別のテーマを持ち出した。牧はとっさに話題を戻そうとしたが、考えてみるとこれは自分の仕事とも大いに関連している。牧の頭には、京都を古都としてどう存続させてゆくかの問題が常駐していて、この外国人とも議論してみたい。ただこの外国人は京都でわりと有名なわたしのことを知らないらしいから、それならそのほうが気楽でいい。

牧が「うーん」といったきり答えないでいると、アリはもうそのテーマから離れたらしく「気持ちいいな」と両手をひろげ深呼吸をした。牧も真似をして大きく息を吸いこんだ。

少し行くと、「もっと暗かったと思ったのになあ」とアリが独り言をいった。今夜は蛍が目当てなのか、わりと人影が多く、懐中電灯や自転車の灯火と何度もすれちがった。ただ肝心の蛍は牧の目にはとまらず、人が見つけた声も耳に入らなかった。また少し行き時計を見ると、ちょうど十時になっていた。さすがに人影はまばらになり、竹の葉が触れ合うほどの風の音が静寂を深めている。

「牧さん、一つ質問していいですか」

アリがまた唐突に口を開いた。

「ええ、何なりと」

たまにあることだが、このとき牧に第六感が閃いた。牧は事態に対応するため、まず平らな靴底で地面の具合を確かめた。梅雨のためか土の感触はやわらかく、石ころが痛く当たることもなかった。

「牧さん、僕とこの道に来ること、危険だと思わなかったですか。初対面で、どこの馬の骨かわからないし、なにせ背が一九〇センチですからね」

牧は第六感によって、こういう質問がくると予測していたので、すらすらと答えた。

「わたし、その大男を信用したのです。いやそんなことより、次のパフォーマンスを見れば、どんな男もわたしを襲おうとはしないでしょう」

牧はいいながら、さらに客観的状況を確認した。着ているものはエラスティックのズボンにスエットシャツ、タスキにかけたポシェットは閉まっているし、土の具合もオーケー、前方に人影はなし。

牧はアリの前方に出てくるっと向き直り、「それでは」と一礼すると、地面を蹴るようにして体を後ろに反らせ、逆向きについた手をバネにして宙で体を回転させ、無事に元の向きで着地した。これはバック転といわれるもので、牧にはそう難しい技でもないが、アリはたいそうな衝撃を受けたようだった。木の蔭になった顔で胸のうちは読めないものの、自分がやり過ぎたことは、彼が突っ立ったまま手を叩こうともしない態度で察知された。

牧が手ぶりで歩きましょうと促すと、やっとのろのろと動き出し、牧に向かって「ほな、さいなら」のかわりに「今日は有意義でした」といった。牧にもプライドというものがあるので「タクシーで帰りますけど、お宿が途中だったらお寄りしますけど」と儀礼的な口調でいった。

「ありがとう。僕は歩いて帰ります」

いいながらアリはたちまち牧に追いつき、大通りへ下る道を先に左折した。牧はついて行きながらこの男と一期一会で終わるのかとふと思い、胸がちょっと痛くなった。取り込み中のいま自己分析してるひまはないけれど、この男の外貌が好きになったことはたしかであった。たかが外貌といわれればそれまでであるが、これまで牧はひと目で男の顔を好きになったことがなかったのだ。

とはいえ牧は自信がなかった。男を見たのが蠟燭と月の光だけでは見間違うこともある。この点はもっと明るい所でクリアにする必要がある。それに京都は古都として存在してるかどうかもこの男と議論がしてみたい。大通りまであと百メートルのところまで来たとき牧は勇気を出して質問した。

「アリさん、いつまでこちらにいやはりますの」

「わかりませんわ」

そっけなくアリが答えた。これで牧はムキになった。

「あなた、京都で何してるん」

「僕ですか……」

アリは少し渋っているようだったが、牧の勢いに押されたらしい。

「僕、何かおもろいことがないか探してるんです。これでもフリーのライターやってますねん、新米やけどね」

「それやったら、わたし、わりと顔が利くさかい、役に立てるかもしれへんわ」

「ほんまですか」

「携帯電話教えるさかい、何か書くもの持ってます？」

「アラビア数字だったら、僕アラブだから一度で憶えられますよ」

牧が番号をいうとアリはそれを復唱し、お返しにホテルの名と部屋番号を教えてくれた。アリに見送られタクシーに乗った牧は胸がほこほこ温かくなった。これから何度も会えそうな予感と、それにこんなことも頭を過ぎった。あのアリシャールはあのホテルに滞在するぐらいだからやっぱりアラブの金持ちなんだろう。牧は束の間、自分に一千万の借金があるのを忘れ、とてもいい気持ちになった。

3　目印は新島先生の墓

この夜アリはベッドに入ってから、砂漠で過ごした一日のことがしきりと想われた。月に照らされた鹿鳴寺の砂庭の、微かな音を立てて揺曳するような波形が砂漠の風紋を連想させたのか。

——あれは小学校五年のときで、ひとこぶ駱駝の「アニヤ」の背に乗り誰にも告げずに家を出たのだった。

その以前、アリが物心ついたとき、住むところはすでに砂漠ではなくなっていた。家は、ビルの立ちならぶ近代都市の郊外にあり、スプリンクラーが水の輪を描く芝生の中に白亜の壁を輝かせていた。街は整然と区画され、棕櫚の並木道を出て砂漠に入ると自動車道が半島の端まで続いているのだ。もうその頃駱駝は観光用の乗物かレース用としてしか飼われなくなり、アリの家でも一度アニヤを手放そうとした。アリは父にやめてくれと必死に訴え、見かねた下男のケマルのとりなしでやっと父は翻意したのだった。

ケマルは父と同じ年配で、十歳になるかならないかのときから住込みで勤め続け、その頃は下男というよりマネージャー役を担い、父も一目置いていた。

アリは、ベドウィンであるのに、砂漠がどんなところか知らなかった。ときどきケマルが語ってくれる、じいさんから聞いたという遊牧生活――ときにはわずかなナツメヤシの実やコップ数杯の水を大家族で分け合ったこととか、夜の砂漠を渡るときの言葉に表せない美しさ――などを断片的に聞いただけで、実際に砂漠に入ったのは、高速道路を除けば、四年の遠足で一度行ったきりであった。これも、実をつけたイチジクの木が一本生えている水場を見に、四輪駆動を列ねて行ったので、これが砂漠行といえるかどうか。

アリはレモンを二個、ズボンの両方のポケットに入れ、あとは何も持たず家を出た。十月中旬の、夕方にはまだ十分に間がある時刻だった。べつに家出をしようというような気負った気持ちはなかったが、父に対する反発心がいくらか自分の背中を押したかもしれない。何事にも父に従順な兄とちがってアリは内心父を批判的に見ていた。日常の細かい点までコーランを口にする人が、不労所得を禁じる教えに背きろくに働きもせず、贅沢な暮らしを享受していたからだ。だがそれは父だけではなく石油や天然ガスの恩恵を受けている多くの人にいえることである。だから父に対する反発もさほどではなく、自分が誰にも告げず砂漠に向かったのは、ある本能的な力に駆られてのことではなかったろうか。自分はこの人工楽園に死ぬまで定住し続けるのかと思ったとき、ベドウィンの血がざわめき立ったのかもしれない。

アリは初め自動車道を突っ切り、家から遠ざかる方へ駱駝を進めた。といっても、方向は内陸の方へとだけ決め、行く道はアニヤの足まかせにした。黒い小石の混じった砂の粒がだんだんと細かくなり、ゆるやかな赤褐色の起伏になった。温度は下がりつつあるがまだ摂氏三十度以上あり、長袖のシャツを脱いでも汗が滴り落ちた。やがて、なだらかな起伏はうねりを高くして長く連なり、それ自身、紺碧の空を背に遊牧しているように見えた。

すでに二時間近く歩いたろうか、アニヤは何かの本能からか足をとめ、首を回そうとした。彼はその動作によってさらに深く内陸に進むのを拒否したのだ。

そこでアリは方向をいったん北に取り、時間を見て左の湾の方へ向かうことに決め、アニヤの首を撫でてそう伝えた。磁石も時計も持っていないから、時刻も方向も太陽が唯一の頼りだった。日没までに海岸に着かなくてはと、アニヤは当然のごとく考えたらしく、途中のほぼ四分の三を、彼としては全速力の時速二〇キロを出した。やがて海が左の遠くに見えだし、岩石砂漠がしだいに微細な砂のシーツにかわると、風のしわざによる低い尾根と谷の造形が幾筋も現れた。尾根の西側は何本もの縞模様、東側は絹のようにすべすべしていた。

アリは海岸から二百メートルほど離れた小高い場所に駱駝をとめた。そこからはゆったりした砂のうねりが海までつづき、砂はさらさらとし、手に取ると夕陽をまとい金色に輝いた。

アリは、残していたレモンを皮ごと齧り、汁を吸った。その半分を指で割いてアニヤの口に持っていくと、ぷいと横を向かれた。駱駝は汗の量も尿の量もきわめて少なく、何日も水を飲まなくても平気なのだ。アリはアニヤの口につけたレモンを、彼にごちそうさまといってから、ちゅうちゅうと吸った。

アリは砂に腰を下ろした。そして、膝を両手で抱くようにして海を見やった。見はるかす海は滑らかな平原のようで、微風に草が揺れるほどの小さな波が立ち、自身面白がっているように波はその動きをやめなかった。もう太陽はアリの目の高さの辺にあり、熟れた柿のような色を空にも海にもひろげつつあった。それから数分と思われるほどのうちに、視野のことごとくが燃えさかる炎の色に、後にアリが日本文学で学んだ代赭《たいしゃ》色へと染められた。空は声の限り大合唱をしているようで、海の波は空を映す鏡を持ってマスゲームをやっているようだった。

やがて、ゆるゆる、すとんと水平線に日が沈み、空の橙色が薄まると、にわかに暮色が濃くなった。長袖のスポーツシャツに木綿のズボンという恰好が昼間は邪魔になったほどだが、きゅうに首が涼しくなった。間もなく日はとっぷりと暮れ、アリはふとわれに返った。自分はここで何をしているのだろう。早く家へ帰らなくてはいけないな。そんな思いが脳裏に浮かび少し心細くなった。夕映に見とれて、居るのを忘れていたアニヤはすぐ後ろに膝をたたみうずくまっていた。僕にはお前がいる、それに自分はベドウィンではないか。そう思うと帰ることなど吹っ飛び、元気になった。このままここに居れば、夜更けに気温は十度以下に下がり凍死するかもしれないが、それがどうしたという気持ちさえした。

自分はベドウィンだから砂漠で簡単に死んだりはしないし、死を怖れもしない。アニヤも一時間ぐらい前岩石砂漠に草地を見つけ、しっかり食べていた。自分もレモン二個の水分を取っているし、夜の寒気が水分の蒸発を防いでくれるだろう。

ままよ、いられるだけいてやろうという気持ちになったアリは、いつの間にかアニヤのかたわらで眠ったらしい。寒気に目が覚めて身を起こすと、六十度ぐらいの高さにのぼった満月が、暗い海原に長い光の絨毯を敷いていた。それは濃紺の地に金銀の糸で刺繍した豪華な織物だった。

顔をめぐらせ後ろを見ると、アニヤの向こうに小丘があり、月明かりを受けて桃色に染まっていた。桃色といっても、色づきはじめた石榴のようで、後にアリはその色をネール・ピンクと呼ぶことを知った。アニヤがよく眠っていたので、アリはひとり砂丘に登っていった。丘は高さが二十メートルほどあり、登りきるとアリはあっと声を上げた。大小の丘がやわらかな曲線で畳なはり、桃色の斜面と影の斜面の織りなす眺望が、美しく転調してゆく音楽のように感じられた。

どれほどの時間そうしていたのか、寒さがたまらなくなった。アニヤのところに戻ると彼は熟睡していて、家に帰る気はないようだった。アリは横になりアニヤに体をくっつけた。

一時間、いやもっと眠ったのか、アリはまた寒気で目が覚めた。仰向けのまま見ると月は目に入らず、深い藍とも紫がかった黒とも見える空が一面に星をちりばめていた。アリはその下にいるだけで大金持ちになったような気分だったが、鈴なりのナツメヤシから一つの実をとるように、一つの星を選び凝視した。するとその星は接近したり遠ざかったり、光を強くしたり弱くしたりしながらアリに何かを語りかけた。もう一つを選び同じようにすると、この星も何かを語りかけてくるのだった。アリはアンドロメダとかカシオペアとか星座の名は知っていたが、どこにあるのやらどんな形をしてるのやら知らなかった。だがそれは幸いなことだった。なぜなら、知っている星座があれば自分はその星座とばかり会話をしただろうからだ。

満天の星がアリに信号を送り、またたいていた。寒さは刻々とつのるが、アリは星のどのひとつとも心が通じるのを感じ、天体に抱かれているのを感じた。いま、この世の財産といえば、駱駝一頭しか持たないけれど、このどことも知れぬ砂の上で、神より星の光を賜物に授かったのだ。このほかに何の財物が必要であろう。

アリはベドウィンであることの至福を感じながらアニヤに体をこすりつけ、ふたたび眠りに落ちた――。

砂漠への想いと昨夜の女のことでぼうっとしていると、それを破らんばかりに電話のベルが鳴った。かけてきたのは元受刑者の花田で、会って昵懇に話がしたいというので、一席設けるのですかというと、柳水堂で勘弁してほしいとにわかに声のトーンを下げた。

二時間後、そこの談話室に入っていくと、花田が椅子を立ってアリを迎えた。今日の彼はグレーの背広に白のワイシャツ、ところどころ色の褪せた紺のネクタイをしていた。刑事裁判のときもこの恰好で出廷したのだろうか。そんなことを連想させるようなかしこまった顔をしているが、伸びかけの前髪がヘラで押さえたようにペタンとしていた。

「アリさん、本当にホテル住まいなんですね」

これが花田の第一声で、いかにも素直な口調だった。

「あなたに嘘をいう理由、ありませんからね」

「日本へは何度も」

「三度目です。前回は友達の下宿先に世話になりました。女主人は、友達より二千円安くしてくれましたよ」

花田は、アリが安く下宿暮らしをしたのが気に入らないのか、つっけんどんにたずねた。

「あなた、それ、自分で交渉したのですか」

「アラブは契約社会なんです。結婚の際に離婚手当も決めておくほどです」

「今度はずっとホテルですか。どのぐらいの滞在で」

「長ければ三か月ぐらいかな」

「ずっとあのホテルに?」

「まあ、そうなります」

花田はこれでひと安心したらしく、続いてアリの職業をたずねた。アリが、夏目漱石の高等遊民と「雪国」の島村の無為徒食を引き合いに出し、「つまり生活実体の無い男です」というと、「ふーん」と不得要領の顔のまま次の質問に移った。

「親しい女友達なんかいないんですか」

「それは昨日までのことですか」

アリは、寺川牧を思い出しながら訊き返した。

「あなた、さっき電話に出たとき、横に女性をはべらせていたのとちがいますか」

「駱駝はそばにいたかもしれません。だけど、女友達がいてもあなたに関係ないでしょう」

「仮にあなたに大事なことを頼む場合、親しい彼女がいないほうがいいのです。男というものはベッドでたがゆるんで口が軽くなりますからね」

「ご安心を」とアリは口にチャックをしてみせ、「ご用件は」とうながした。

「はい、はい、今すぐに。で、僭越ながらお聞きしますが、今日は胴巻きは」

重大事を告げるかのように、花田は声をひそめた。アリは普通の声で応じた。

「さあ、どうでしょう。個人的な問題ですから」

「一般論としてお聞きしてるんですが」

このハチャメチャな言草にアリは啞然とし、しばらく返す言葉が見つからなかった。ただわかるのは、胴巻きによって相手の信用度を確かめようとしていることだった。

花田はじりじりしたのか、質問の矢を核心に近づけてきた。

「アリさん、一億を手にしたこと、ありますか」

花田は、アリが大金を持っても動じないかどうか知りたいのであろう。アリがこれにも答えず笑顔だけを返すと、やにわに貧乏揺すりをはじめ、その振動がテーブルに伝わってコーヒーカップをカタカタといわせた。

「一億というのは、ドルを想定しているんですか」

いいながらアリはポーチの財布から一枚の写真を取り出し、花田に見せた。それはナツメヤシの下で撮った少年時代のショットだった。

「これ、アリさんですね」

「そうです。その下二千メートルのところに石油が埋まっていて、今後七十年は涸れないといわれています」

「それ、あなたの家のもの？」

「一族のね」

アリは事もなげにいい、ポーチから花田がくれた扇子を出し左手で扇いだ。花田はすっかり安心したらしく、予想どおりの件を持ち出した。

「アリさん、例の地中に埋めた金のことなんですが」

「はいはい、あれね。近く掘り出すんですね」

「アリさん、手伝ってくれますか」

アリは扇子をぱちんと閉じ、ワイパーのように左右に振って思案するふりをした。

「それ、どこに埋めてあるんです」

「そんなこと、態度を決めるのに関係ありますか」

「メッカの方角との兼ね合いもあるんです。あっちを向いて排便してはいけないとかね」

「ここからだと東南です」

「平安神宮の紅桜の下だと、僕は付き合いません。あの地中にはピンクの蛆虫がうようよいるのです」

「それ、日本文学ですか。近くではありますが、もう少し東です」

「南禅寺の塔頭あたりだろうか。そのお金、何だか宗教的なエリアにあるような気がするな」

　たまたま頭に浮かんだことを口にしただけなのに、花田は虚を衝かれたらしかった。きょとんとした目にためらいさえ浮かべ、発した声はおずおずとして小さかった。

「あのう、新島襄《にいじまじょう》先生の墓があるところです……あの墓の斜め前の……」

　アリは、そのあまりの破天荒さに、わが耳を疑った。

「どうして、どうして、新島襄なんですか」

「はあ、先生はそのう……私、大学が同志社なもんですから」

「あなた同志社出身だから、創始者にお金の守をさせたんですか」

「いやいやそうじゃなくて、あそこに置いとくと安心なような気がして」

「あなた、新島襄を尊敬してますか」

「もちろん尊敬しています」

「そのような人のそばに、よく横領金を埋められましたね」

「そういわれると、一言もありません」

花田はアリに対し詫びをいい、頭まで下げた。そのくせすぐに言葉を続け、得意げに埋めた場所の説明に及んだ。そこは、南禅寺と若王子のどちらからも等距離にある山中で、一帯が同志社の墓地となっていて、その中の小広場の一隅にある。この小広場は信者の集う場所だから新たに墓が立つことはない。したがって土を掘り返される心配がなく、金を隠すには格好の場所である。ただ目印を立てるわけにいかないから、新島先生の墓を基点に真っ直ぐに何歩、直角に右に曲がって何歩と自分の歩幅で測り頭に刻み込んだ、というのだ。

アリはケイコさん宅に下宿していたとき、ここを一度訪れている。若王子から上り南禅寺へ下るコースに、墓地で十分ぐらい休み、小一時間かかった記憶がある。

「花田さん、僕行ったことありますよ。三年前だからすでに金は存在していたわけだ」

「そうですか。そういうご縁があるなら、なおさらお願いしますよ」

「何が縁なんですか。あそこはなかなかの急坂でベドウィン向きじゃありません。ほら、逆立ちの得意なあの人に頼んだらどうですか」

「あれはいいやつですが、酒癖に難があるのです。酔っ払って、金を掘り出したことをぺらぺら喋るかもしれません。ねえアリさん、お願いしますよ、このとおり」

花田がまた頭を下げた。

「一人でやれないんですか。埋めるときはむろん一人だったでしょ」

「埋めるときは恐くなかったのに、掘り起こすのが恐いのです。もうすぐ宝が手に入ると思うと、何かに邪魔されるんじゃないかと恐くなるのです」

「そう恐がることもないでしょ。どのぐらいの深さに埋めたんですか」

「一メートルぐらいです。それが何か」

「それぐらい地中に入り、しかも七、八年も経っていると、その金はあなただけのものじゃなくなるのではないかな。わが一族の石油も、僕は人類の共有だと考えているのです」

「すると、あの八千万も人類共有だと……」

「そうです。自分ひとりのものと考えるから恐怖が起こるのです」

「あのうアリさん、失礼とは思いますが、お礼に百万差し上げたいのですが」

「なるほど百万ですか。百万もいただけるのかと考えるか、百万ぽっちと考えるのか、難しい問題ですね」

「あなたは少な過ぎると」

「僕が敬虔なキリスト教徒ならそう思うでしょうね。だって新島先生の前で横領金を掘る精神的苦痛は百万じゃ引き合いませんよ」

「元受刑者をあまりいじめないでください」

何も意地悪しているつもりはなかった。仕事柄、花田に協力してこの顚末を見届けたいと思う一方、こんなことに手を貸したくないという素朴な感情もあった。アリはちょうど入ってきたウエイトレスに（この子は胸まであるエプロンをしていて、プロかアルバイトかよくわからなかった。学生がレトロなお洒落をしているとも解釈できるからだ）、コーヒーを二人分追加注文した。ここで話を打ち切るのは惜しいと思ったのだ。

「ところで花田さん、その百万円ですが、一メートル掘って金が出てこなかったときはどうなりますか」

「いや、出てこないなんて、ありえません。絶対に」

花田は顔を真っ赤にし、拳を握りしめて力説した。しかし、アリにからかわれたと気づいたのだろう、たちまち表情に諦めの念を露わにした。アリは、相談相手がいないらしいこの男が少し気の毒になった。

「花田さん、出過ぎたこととは思いますが、大事なことなんで、質問していいですか」

事によっては、という含みを持たせていうと、「何でもどうぞ」と花田は早くも立ち直りを見せた。

「その八千万、何に使うのですか。先日の話では初めは家族のためにと考えていたということでしたね。だけど家族とは縁切りになったわけでしょう」

アリは、いい返事をくださいよと念じつつ花田を凝視した。花田はアリの視線をやや眩しそうに受けとめた。

「あのう、それは、あのう、良いことに使うに越したことはありません」

アリは念を押した。

「つまり、公益のために用いる、ということですね」

「そ、そうです」

「あなた、奥さんと離婚したとき、そう決心したのですか」

「まあ……そうでもないですね」

「いつからですか」

「服役の半ばぐらいからですかね。色んなこと、考えましたから」

花田は少し目をほそめ、アリの頭を越えて窓の方に視線をやった。その目は焦点が定まらぬまま外のどこかを浮遊しているように見えた。ややあって花田はぼそぼそした口調でこんなことを話した。

「眠れない夜に、新島先生が私の顔をじっと見ているのです。じっとじっと何もいわないで、です。そんなことが何度かありました」

花田はそういったきり黙ってしまい、アリもさらに聞き出そうとはしなかった。ただ、新島襄が花田の不眠の床に現れたのは作り話ではなかろうと、直感的にアリは感じ取った。先生は何もいわなかったが、その映像が花田の眼底に刻まれていて、何かを語ろうとしているのだ。それゆえ花田は一人で墓地に出かけるのが恐いのだ。

アリは、花田の新島をおそれるこの気持ちは非常に大事だと思った。八千万を公益に使うというその意向は、たやすく動揺するだろう。けれど、新島先生の眼差からは簡単に逃れられまい。

アリは穴掘りを手伝うことに決め、各論に関する質問をした。

「花田さん、土を掘るのは何を使いますか」

「アリさん、手伝ってくれるのですね」

「少し展望も開けたことだしね」

「もちろん、スコップです」

「それを持って、あそこに登るのは怪しまれる危険がありませんか」

「若王子までタクシーで行きます。竹箒も一緒に持っていれば怪しまれないでしょ。箒は若王子神社に黙って寄付します。あとはたいして家もない所だから」

「それでも用心したほうがいいでしょう。雨降りの夜がいいのでは」

「アリさん、それが仮に明日でも都合つくんですか」

「善は急げです」

二人はさらに協議を続けたが、アリに準備することはなく、金を入れるリュックサックと懐中電灯は花田が持参するというので、毎日五時に連絡し合うことを決め、打ち合わせを終了した。

翌日アリは新京極の商店街とデパートを回り、底のごつごつしたウォーキングシューズとガードマン用の雨合羽、それとカーキ色をした中型のリュックを購入した。ちょうど昼頃から本降りとなり、これらは即日役に立つことになった。

落ち合う場所は若王子神社の石段下である。ここは哲学の道の終点と目と鼻の先である。アリは約束の八時に着くようホテルからゆっくり歩き、疏水の橋まで来るとさらに歩度をゆるめた。石段の下に人影があるが、傘をさしているだけでスコップは手にしてないようだ。あれは別人だろうか、それじゃ自分はどちらに足を動かそうか。迷いながら足をとめるとその人影は機敏に暗がりに消え、また現れた。鳥居の後ろに隠していたのかスコップを持ち、橋のたもとまで出てきた。「アリさん、ありがとう」といいながら花田はスコップと傘を地面に置き、アリのものよりだいぶ大きなリュックを下ろし、素早く中から懐中電灯を二個取り出した。花田は一個をアリに渡し、「まだ灯をつけないでください」と注意を与えた。山道に入るまでに数軒の家があり、雨の夜とはいえ気を引き締めたのだろう。アリは無言で手を差し出し、スコップを自分の手に取り先に歩きだした。背中にはぺちゃんこのリュックを背負っているが、紺の雨合羽のおかげで花田に気づかれることはない。

無事人家を通り過ぎ全き闇の中に入ると、二人とも懐中電灯をつけた。道幅は二メートルもなく、密に繁った木々がいっそう闇を濃くしていた。少し行くと、鉤の留め金をはずせば通れる粗末な木戸にぶつかった。何か注意書が貼ってあり、灯を当ててみると、「猪が出るので戸をきちんと閉めてください」とあった。アリが振り向いて「この辺、猪がいるんですか」とたずねると、花田はちょっと考えてから「足場が悪いから、雨の日は出て来ないと思いますよ」と、もっともな返事をした。

雨はいくらか小止みになったが、道はだんだん急になり、地面はぬかるんで所々水路と化していた。アリは、このような悪路を墓への道としたのは、安楽を求める人間に難儀を与えてやろうという神の計らいではないかと思った。そうすると今夜のような雨降りには自らそれを求めてやってくる人がいても不思議ではない。

「花田さん、何か人の気配がしませんか」

アリが上の方を指すと、花田はとっさに立ちどまり、滑りそうになりながらやっと返事をした。

「べ、べつに聞こえませんがねぇ」

「もし人が降りてきたら、聖句を唱えましょう。主よ、悪より救い出したまえ」

「やめてくださいよ。私はハレルヤしか知りません」

アリは墓場への中ほどで足をとめ、息を整えた。だいぶ雨脚が弱くなり、左の覆いかぶさるような杉林から鼻をつく木の香りが流れてきた。ミントを含んだような清涼な空気が胸底まで浸透し、アリは何度も深呼吸をした。

アリはふと思った。自分は今ここで何をしているのだろう。この先には墓場があるだけで、そこに用事なんかないはずだ。まるで突然霧にまかれたように方向感覚がなくなり、自分が帆を失くした漂流船のように感じられた。

「アリさん、急いでください」

花田の声にうながされアリはまた歩きだしたが、こんな気持ちにとらわれた。この辺一帯は宗教的神秘性におおわれているようだ。だから日常性が断ち切られ自己の行動がわからなくなってしまうのだ。

目的地まであと五分ぐらい、辺りが雑木林になり視界が少し明るくなったときだ。右手の木の上に白い布がかかっているのが目にとまった。アリはおもわず声を上げそうになった。白いその布は霧雨に滲み、人の佇む姿としてアリの目に映じたのだ。あれは、あれは、もしかしてラザロではないのか。死んで四日後に蘇ったというあのラザロであるまいか……。アリはレンブラントの絵で見たことがあり、ラザロはたしかあんな布をまとっていた。

「アリさん、どうしたのです。もう少しですよ」

遅れがちだった花田が後ろにぴたっとつき、大声でアリを督励した。アリは我に返り、冷静にレンブラントを思い返した。そうか、あの絵で佇んでいたのはイエスで、ラザロは墓穴の中に横たわり上半身を起こそうとしていたのだ。

アリは道の方に向き直り、地面だけを見るようにして墓地まで登りついた。新島襄の墓は木に囲まれた敷地の中に、鋼鉄の門を置いて立っていた、アリは前まで進み、日本流に手を合わせ頭を下げた。隣にある、妻八重のつましい墓にも斜めから合掌した。花田は、アリが敷地から出てくるのを待って自分も墓前に進み、じつに短いお辞儀をした。それからくるりと踵を返し、歩数を測りながら、小広場に入り、突き当りの手前で直角に右に折れた。

花田は掘るのはこの範囲と、スコップの先で四角な囲いを描き、早速作業にかかった。雨はすっかりやみ、土はやわらかだから穴掘りにはもってこいの夜といえた。ただ彼は出所後運動の習慣を忘れたらしく五分ほどで息が上がり、アリと交代した。それからは主にアリがスコップを握り、花田は穴を覗き込むか周りをうろうろするかしていた。スコップが目的物に到達し、それを地上に揚げ、穴に土をかぶせて作業が終了した。アリの脳裏には聖地を冒瀆しているという意識がつきまとい、それが手を早めたのか、一時間十五分の作業だった。

札束は防水加工した手提げ袋に入れガムテープで封がしてあり、同じ包みが二個あった。花田はガムテープを剝がし袋から札束を取って、自分のリュックに入れ始めた。その動作を何回か繰り返した後、「そうそう、今払っておこう」と、ひと束をアリに渡そうとした。アリはそれを手で制し、「僕たち、百万で合意したわけじゃないでしょう」とやんわり断った。自分の報酬について確定的な契約はしていないし、自分の果たした役割を合理的に算定するのもなかなか難しい。それにこの金を公益に使うのならば自分の労働も無料奉仕とすべきではないか。いやそんなことより、ここで金を貰ってしまうとこの男と縁が切れるかもしれず、そうなるより、もう少し付き合うほうが面白そうだ。彼がこの八千万をどう使うのかも見てみたいし、報酬を払わぬままドロンされても、それはそれで書く材料に使える。

「アリさん、どうか受け取ってください、お願いです」

花田は札束を捧げ持ち、恭順このうえもないといった態度を表した。それを見てアリは彼が内心不安を抱いているのを察した。アリが大金を見て気が変わったのではないかと怖れているのだ。これは、いたずらを仕掛けるには絶好の状況といえるだろう。アリは早速行動に移った。

「花田さん、お金の半分、僕が持つことにしよう」

「いやいや、それはいけません。それは」

花田は札束を握ったまま手を振って、断固拒否の姿勢を示した。

「あなたと、しまいまで共同作業をしたいのです」

「だいいちアリさん、入れ物を持ってないでしょう」

アリは、さきほど花田が作業を始めたとき雨合羽を脱いだ木蔭まで足を運んだ。そして合羽にくるんであったリュックを持って戻ってきた。花田は一言も発しないで、夜目にも見えるほど愕然とした顔つきになった。

「あなた、上りのときは一人でやれたでしょうが下りはそうはいきません。すごく重力がかかるからブレーキが利きませんよ。おまけに道はぬかるんでます」

「一人で運べますよ。アリさんにこれ以上迷惑はかけられません」

「もし花田さんが転んで骨折したら、僕はあなたとリュックを一度に運ぶことは出来ません。そのとき、リュックを先に運ぶんですかね」

「そ、それは……」

「これは僕の義務です。僕が半分持ちます」

アリはきっぱりと宣言し、もう一つの包みから札束を鷲づかみにして自分のリュックに詰め込んだ。

下りもアリが先に立った。上りとちがうのはスコップを手に提げず、それに跨りブレーキの働きをさせていることだった。やわらかい土でもスコップはガラガラした音を立て、何か良からぬことをしているような気分になった。

「アリさん、待ってください、アリさーん」

後ろから必死の声が聞こえ、そのためアリは持ち逃げしているような気になり速度を上げた。しかし、やり過ぎたようだ。ほどもなく、予想しえたことが起こった。「あっあー」という叫び声で振り向くと花田が坂道を滑り落ちるところだった。アリはスコップを左の林に放り投げ、花田のもとに駆け上った。花田は身を起こそうとするが下半身をぬかるみにとられ、その顔はレンブラントのラザロみたいに哀しげだった。

アリは花田を助け起こしながら大いに反省した。以後は花田を先に立て、若王子神社の中で花田のズボンをタオルで拭き、汚れを目立たぬようにした。それから大通りに出ると、自分のリュックを花田に渡し、タクシーをとめて彼を見送った。

4　恋も並走　トロッコ列車

アリは明け方、駱駝のアニヤの夢を見た。それではっとして目が覚めたのだが、正確にいうと、アニヤがどこにもいないという夢であった。これは体験した事実がそのまま夢に現れたに過ぎない。それだのに部屋には、アニヤがいたことを示すように青草のにおいが漂っていた。

――あれはアリがアニヤだけを供に砂漠に出かけ、野宿したときのことだ。夜明け前地表はぐんぐん冷え、歯がカタカタ鳴り出しそうなほど寒気が強くなった。アリは砂にうずくまったアニヤにくっつき暖を取ろうとしたがしだいに弱気になり、ふと三つの顔が瞼に浮かんだ。その頃アリは産みの母が誰かはもう知っていたが、父の三人の妻のどの人も自分を同じに扱うので、やはり三人が母親だと思いがちであった。だがこのときのアリは、一人の母親だけにそばにいてほしかった。一人の母親だけに心配の涙を流してもらいたかった。

アリの瞼に母親の泣く姿が現れた。だけどやっぱり三人が揃っていて、どの人も涙を同じだけ流しているように見えた。アリは三人をどこかの国の泣き女のように感じ、自分のほうが泣きたくなった。

とそのとき、寒気の中に暖かい空気が混ざっているのに気がついた。それはアニヤらしい葉っぱくさい、獣くさいにおいを含んでいた。アリは身を起こして首をめぐらせ、アニヤが懸命に呼吸しているのを見た。吐く息も吸う息もあらく、脇腹がふいごのようにふくらんだりちぢんだりしていた。アリはそのさまを見てアニヤの強い愛を感じた。この駱駝はこうして友である自分を凍死から救おうとしているのだ。アリはすっかり安心して、ふたたび身を横たえた。首筋に注がれる暖かさが血液のように全身をめぐり、さびしく空しいアリの心を無上の幸福感で満たした。

どのぐらい眠ったのか、アリは瞼のうえに明かりを感じ目をひらいた。明けようとする空が藍深く澄み、その広大な器の中に星々を浸し、沈ませようとしていた。少ししてアリは半身を起こして海の方に向き、そのまま夜明けの情景に見入った。視野の中でだんだんとひろがる海は、遠くの方に白波が立ち、風にはためくシーツのように休みなく、渚まで寄せてきた。

視界が急に明るくなり、背中に熱い手を当てられたように感じ、アリは後ろを振り向いた。昇ったばかりの太陽が眩しかったが、まばたきするうちに異変に気づかされた。

アニヤがいない、アニヤがいない、どこに行ったのか。

立ち上がって四方を見渡したがどこにも姿は見えず、アリは思案の後、しばらくここにいて戻ってくるのを待とうと方針を決めた。しかし一時間近く経っても戻っては来ず、アリの懸念はしだいに深刻になった。

そういえば先刻のアニヤの息づかいは普通ではなかったようだ。何か重い病気を患っているのじゃないだろうか。もう彼も人間でいえば八十ぐらいの老人だし、最近は物もあまり食べなくなった。本当は息をするのも辛いほど老衰が進行していたのかもしれないな。だとするとアニヤがあんな呼吸をしたのは、この僕に暖気を与えるために最後の力を振りしぼったということか。なに、最後だって。つまり、最後ということはアニヤが死んだということか。いやいや、そんなことはあるはずがない。アニヤがこの僕に黙って死ぬわけはない。

だが待てよ、生きていれば、あいつがここを離れたりするだろうか。

アリは焦りばかりが大きくなり、じっとしていられなくなった。アニヤがいるとすればどこだろうと考えると、昨日立ち寄った岩石砂漠の草地しか頭に浮かばなかった。アリは太陽を頼りに、二時間ぐらいかかってようやくそこにたどり着いた。

だがアニヤはおらず、その形跡も見当たらなかった。アリは、ここなら迷子の駱駝が通りかかるかもしれないし、渇きで死ぬ前にそこの草も食べられると腹をくくり、じっととどまった。

さてこの結末であるが、アリはヘリコプターで捜しに来たケマルに発見されるが、アニヤの探索までは行われなかった。ケマルはアニヤは死んだと断定し、アリに対し、次のように言い聞かせた。

「アニヤは自分の死にざまを見せたくなかったのです。どこか人知れぬ砂漠に骨を埋めたかったのです。それともう一つ、あなたを一人置いていったのは、アリ坊ちゃん、砂漠の民として雄々しく独りで生きるんですよと伝えたかったのです」

アリはこのとき、自分は砂漠で生きるベドウィンの誇りだけは失うまいと心に誓ったのだった——。

寝覚めのアリに、アニヤの夢の余韻が甘い懐かしさとなって残った。それは人恋しさでもあるのか、徐々に駱駝の像を薄めながら人の顔を瞼に浮き上がらせた。

その顔は三日前に会った寺川牧にちがいなかった。女性の顔を見分けられない自分としては珍しいことだった。くっきりとした眉、利発な少女を思わせる頬、知的でありながら悪戯っぽく動く目。

アリはもう一度牧と話がしたいと思った。いや正直いえば、もう一度会いたいのである。たぶんこの気持ちには列車の女のイメージが強く作用していて、二人の女が同一人物であるかどうかを確かめたいのであろう。

アリがこんな思いを抱くのは、二人の顔貌がよく似ている反面、全体的な印象が正反対だからだ。牧はバック転をやるほど活発でさっぱりした性格のようだが、列車の女はどこか物思わしげで匂うような女らしさがあった。それに石巻で会った人に四日後京都で再会することなどまずあり得ないし、だいいち自分の女を見る眼力を考えてみるがいい。

それでもアリは、もしあの二人が同じ人だとしたらと考えて、そこで思考が急停止するのを覚えた。頭に血がのぼり、くらくらしてしまうのだ。

会いたいと思っても、その気持ちをそのまま伝えることなどアリには出来なかった。そんなことをこれまで一度もしたことがないし、「アリさんて、どなた」と軽くかわされそうな気もするのだった。

何かよい方法はと思案していると、牧のさらさらと水の流れるような京都弁が耳によみがえった。

「それやったら、わたし、わりと顔が利くさかい、役に立てるかもしれへんわ」

この科白と頭の隅にある列車の女がどう結びついたのか、「トロッコ列車」という観光名物が脳裏に浮かんだ。そうだ、あの列車に牧を乗せて、石巻を再現したらどうだろう。二列前に彼女を坐らせ、やや斜めに外を見てもらい、あの女とダブるかどうか実験するのだ。調べてみると、この列車の所要時間は二十分少々で、石巻とそう変わらないからテストにはもってこいだ。おまけにアリはこの列車の命名にも少なからず共感を覚えた。トロッコは現代では運送手段としては使われなくなったが、駱駝も同じで競走用か観光客の乗物でしかなくなったのだ。アリはこの二つに共通した運命に郷愁を感じ、トロッコという名前だけで大いに乗り気になるのだった。

牧はアリシャールという男に電話番号を教えたのを、いまや後悔していた。牧が持つ二つの携帯電話のうちこの番号は役所の緊急用であり、それ専用であったはずだ。だのに、それを教えたのは頭がどうかしていたのだろう。この携帯を、寝るとき枕のそばにおいておくと、牧は安眠できる。なのに三日前あの男に会ってから、おととい、きのうと不眠がちで、これでは仕事に支障をきたすことになる。

朝の九時、牧は机の上の予定表に目を通し、外に出かけるひまがあるか確かめようとした。携帯電話の買い替えのためである。ざっと見たところ三時から一時間なら取れそうなので秘書に伝えようとしたら、今日でなくてもいいか、今晩あたり電話がくるかもしれへんし、という気持ちが起こり、そのくせ自分を叱責する内部の声も聞こえた。

すると、この軟弱さをからかうようにクルルルと鞄の中で携帯が鳴った。牧は椅子の横に置いていた鞄に頭を突っ込むようにしてそれを取り出し耳に当てた。

「もしもし、朝早くから電話などして、失礼いたします」

と声の主は少々間延びした調子で挨拶し、相手を確かめると「僕、アリです。アリシャールです。憶えていますか」と、へりくだった姿勢を見せた。牧は「はあ、いつぞやは鹿鳴寺で」と遠い昔に出会ったような返事をし、逸る気持ちを何とか抑えた。

アリは牧を仕事中と思ってか、直ちに用件を切り出した。

「僕、トロッコ列車に乗りたいのですが、手配していただけませんでしょうか」

何だそんなことかと牧は少々がっかりし、事務的に応えた。

「いまはシーズンオフでしょうから、始発の嵯峨駅に行けば乗れると思いますけど」

「一両、貸切で乗りたいのです」

「はあ、何ですって。それ、何のために」

「目的はいえません」

「あなた一人で乗るんですか」

「いいえ、寺川牧さんと二人です」

牧は、何かわたしに話があるのと聞きそうになったが、目的はいえないということだし、いい話を聞きたがってると思われてもしゃくだから口をつぐんだ。それにしてもトロッコ列車一両を借り切ることが出来るかどうか牧には自信がなく、さりとて断ってしまうのも惜しいと思った。そんな牧の心中を揺さぶるようにアリがこんなことをいった。

「僕にとってトロッコは駱駝に乗るのと同じなんです。そうすると、そこに大人が乗れるのは二人がせいぜいでしょ」

牧は、この謎めいた言葉から自分に都合のいいイメージだけを頭に浮かばせた。それは「月の砂漠」の歌の二頭の駱駝を一頭にし、成長した王子と姫を乗せて月夜を行くというものだった。よーし、やるだけやってみようと牧は、とりあえずこの件を進めることにした。

「アリさん、希望に添えるかどうかわからへんよ」と留保をつけておいて、牧はあれこれ思案をめぐらせた。一番問題なのは、一両をアリと二人だけで借り切ることだった。市長が外国人男性との密会のためにその地位を利用して一両を空けさせた、とメディアは書き立てるだろう。それを避け、しかもアリの希望を容れられるやり方がないものか。

牧は半時間後観光宣伝というアイデアを思いつき、運営会社の社長に電話で、一両の借り切りが可能かどうか確かめた。社長は、売却済みの指定席が各車両に散らばっているからここ数週間は無理ですと答え、それでは一両の増結はと畳みかけると、「よほどの賓客ですか」と考慮の余地のありそうな口吻を洩らした。そこで牧はアイデアの大筋を話し、これは御社の宣伝にもなりますからぜひご協力をと強く説得し、増結を承諾させた。ただし、午後四時七分の最終列車という条件付であった。

牧はすぐにアリのホテルに電話を入れた。さいわい本人がいて、「よい返事が来ると思って外出を控えていたんです」と暢気そうに応答するので、早口に言い返した。

「そんな簡単なもんやあらへんわ。駱駝かて、人の思うようには歩かへんでしょ」

「そらそうや。で、どこが問題なんです」

「アリさんと二人きりというのがちょっとね。一両の中に二人だけのスペースを作るということで妥協していただけませんか」

「ふーん。駱駝のしっぽに二人も乗れるやろか。まあいいでしょう、妥協しますわ」

「それと、この車両を京都の観光振興に役立てたいのです。承知してくれはりますね」

「何か催すのですね。何をやるのです」

「それは当日のお楽しみに取っておいてください。それよりアリシャールさん、言い出しにくいことが一つあるんです」

「それだけマイペースで進めている人がよくいいますね」

「うち、そんな図々しい女とちがいます。お金が八十万ほどかかること、すらすらと、よう言い出せへんのです」

「何やお金のことですか。僕ね、こないだ大穴を掘り当ててねえ、近々百万入ってくる予定です」

「アリさん、いま何ていったの」

「大穴を掘り当てたって」

「それで、まだお金手にしてへんの」

「はい、まだ手元に来てません」

「それ、おかしいわ。配当はすぐに払われるはずです。あなたまさか、八百長競馬を仕組んでるんやないの」

「いや、この大穴は過去形でのみ語られるのです。まあ牧さん、金のことは心配しないでおくれやす」

　アリはそういうと、言語では表し難い、空に突き抜けるような笑い声を発した。牧は、ホテルの部屋に駱駝が一頭いて、天高くいなないたのではと一瞬訝った。

　それにしても、京都通と見えるあの男、寺川牧が市長であるとはぜんぜん気づいていないようだ。街の所々に写真入りのポスターが貼ってあるのに、彼はその顔に興味を抱かないのだろうか。まあそれならそれでいい、こちらも出来るだけ市長の顔を見せないことにしよう。いずれわかるとしても、わたしが市長と知ったら、アリは構えて後じさりをするだろう。

あーあ、なんで市長になどなったんかなあ、三年ちょっと前まで政治の世界に足を踏み入れようとはゆめ思わなかったのに。牧は一日一度は口にするグチを洩らし、ふーっと溜息をついた。

その頃牧は、祇園と宮川町の花街を主なお得意に英会話教師と便所掃除業を営んでおり、そのきっかけとなったのは鹿鳴寺の遠山住職の助言だった。京大を中退しバーテン見習いをしていた牧はそれが天職と思えず、住職に悩みを訴えところ、「牧さん、何か得意なことはないのか」とたずねられた。牧には暮らしを立てるほどの技術とは思えないが「英会話やったらどうにかこうにか」とあいまいな返事をした。母が娘の将来を考え、幼い頃から外人教師に習わせたのがちょっとは身についていたのである。「それやったら、なんでそれを活かさんのや。これからの祇園は英会話が必要になるのとちがうのか」と住職はヒントまで与え、「ところであんた、便所掃除は好きか」と話を急転回させた。「好きとまではいえませんが、ちっちゃいときからやらされてましたので苦にはなりません」と答えると、「便所掃除いうもんは、やってると無心になれるやろ」と一喝に近い声を発し、「はい、そのとおりです」と牧にいわせた。そこで住職は太い眉を弓なりにし、にっこりと牧に笑いかけた。住職は新しい牧の門出に、はなむけの笑顔をくれたのであった。

牧は早速、舞妓、芸妓さんたちに英会話を教える仕事に取りかかった。これは客層をひろげる必要に迫られている業界にも迎えられ、女紅場《にょこうば》（芸妓に基本技能を教える学校）の教養科目にも採り入れられた。牧は、お座敷でよく外国人と交わされる会話、舞踊や邦楽のわかりやすい説明、主だった寺社の案内などをテキストに作り、末尾に「祇園小唄」の我流の英訳を掲載した。牧は自身にも生徒にも文法はゆるやかに適用し、簡単な挨拶などは京都弁のアクセントでいこうかと提案した。たとえば「サンキュウ」は「おおきに」というつもりで語尾を下げるのである。

こうして英会話は順調に伸張していったが、便所掃除のほうはなかなかうまく船出しなかった。地元のお茶屋や料理店を一軒一軒回っても笑って取り合ってもらえず、あーあ昔のように汲み取り式やったらなあと、ついグチをこぼしたりした。或る日そんな牧を見て、亡き祖母の幼馴染で数年前まで現役だった寿富さんが「東福寺へいってみよし」と助言をくれた。あそこは今も汲み取り式で、大口注文をくれるかもしれへんというのだ。牧は以前この禅寺に紅葉を見に出かけ全身真っ赤に染められた記憶はあるが、便所がそうだったとは気がつかなかった。牧は寿富さんに深謝のお辞儀をして、即刻この寺へ車を飛ばした。門をくぐり鐘楼の前で落ち葉かきをしていた坊さんに、事務長に会いたいというと、どんな用件でと聞かれ、こちらの便所は汲み取り式と聞いたのでその件でお願いがと答えた。すると坊さんはううっと喉をつまらせ顔を真っ赤にして南の方を無言で指さした。牧はその方向に足を運び、禅堂を通り過ぎて隣の建物まで来た。それは禅堂に伍して風格ある蒼古とした建物で、前に立てられた案内板に「東司」と書かれていた。東司が便所であることは鹿鳴寺で知っていたので、ほんまやろかと牧は駆け寄った。そして、ひと目見てわあーといったきり言葉が出なくなった。およそバスケット場ほどもある土間にたくさんの穴と脱衣所らしい仕切りがある、ただそれだけだったが、ものさびた薄明かりの中に厳粛さと涼気のようなものが漂っていた。牧はここで何人もの雲水が並んで用を足す姿を想像し、強い感動を覚えた。かつてここで修行した、たくさんの雲水さんに温かく励まされたような気がした。

それからの牧は体当たり的に便所掃除業を展開した。最初の一月は無料、便所だけでなく座敷からそこへ至る廊下もサービス、そして折り込み広告にもけったいな文句を載せ、かなりのファンを獲得した。

「香しきは君が唇、君がトイレ」

「何度でも行きたくなるこの店の便所」

「いい街、いい女、いい便所」

「色町の春に、便器も光る」

仕事に励んだことが地元との結びつきを深めたようで、牧の人生は思いがけぬ方向へと動きだす。三年前の春のこと、祇園を地盤に長年市議を務めた富田五郎が引退を決め、牧を後継者に推したのである。そういう野心を持たぬ牧は即座に断ったが、すでに牧の同級生の酒屋やうどん屋などに根回しがされ、これに祇園と宮川町の茶屋や芸妓連がついたので、牧も峻拒できなくなった。もともとおだてられると乗りやすいところもあるうえ、二つの事業も片腕といえるスタッフが育っている。おまけに活動資金は地元で集める、選挙運動は富田事務所で責任を持つ、あんたは神輿に乗るだけでいいと太鼓判を押された。それならばと牧は意を決し、選挙公約は地元の繁栄、すなわち外国人客を呼び寄せるためのシステム作りと芸妓の互助組織、とりわけシングルマザーの子育て援助の二点のみに絞った。選挙はお祭りといわれるが、牧の場合、これに華やかな色香がくわわった。祇園ばかりか宮川町からも舞妓芸妓が応援に馳せ参じ、夜の演説会の弁士も買って出たので、会場はどこも一杯になった。もともと祇園まちが結束すれば当選に必要な票は確保できるのだが、加えて浮動票もたくさん得て、牧は最高点で当選した。

それから三年後の今年、市長が重い脳梗塞で辞任し選挙が行われることになった。牧は富田五郎の関係で一応与党に属していたが、そこから二人の市議が名乗りを上げ、野党の二党からもそれぞれ一人が手を挙げ乱立模様になった。与党の二人は同じ齢の同期当選ということもあって譲ろうとせず、府連の総会でも紛糾するばかりであった。とうとう顧問の元代議士が怒りだし、場内を見回して「いい加減にせんか」と一喝してから、諭すような口調でこう述べた。

「率直にいってこの二人はドングリの背くらべやな。この選挙、勝とうと思うなら寺川牧しかいないな。どうや牧さん、清水の舞台から飛び降りてみたら」

元代議士は手ぶりで牧に起立するよう促し、牧はこれに従った。満場静まりかえる中、牧は数秒もじもじした後さっと手を挙げ、宣言した。

「わたし、立候補いたします」

牧は自分のこの行動に大いに驚いた。ただ胸のうちの三割ぐらいはその気があったので、宣言した後尻込みしたりはしなかった。

牧はこの数か月ずっと怒っていた。京都市が東日本大震災のがれきについて、いったん受け入れを決めたにもかかわらず反対世論に押されこれを撤回したからだ。それに先頃のNPOの調査で受け入れ賛成派が四割弱であったことも、とうてい理解することが出来なかった。人間がこんな行動を取ること、こんな対応をとれることが不思議なぐらいであった。牧は燃えたぎる胸のうちで考えた。何とかこの決定を覆す方法はないものか、もう一度受け入れを再考する方策はないものかと。

そこへ市長の辞任で、だいぶ展望が開けた。市長が代われば、既決のテーマについて、も一度提案することが出来るのではないか。

牧が市長選に出た唯一の理由は、このことにあった。もっとも病床にある前市長の立場を考えて、選挙演説では震災復旧に出来る限り協力しましょうと唱えるにとどめておいた。

市長選は市議選とちがい広く政見を発表しなければならず、牧も苦闘の末七つの公約をまとめたが、中の三つは票を減らしかねない内容だった。一つ、観光寺社の拝観料が宗教活動と無関係な営業利益であれば市の赤字補塡に役立てるべきであること、一つ、小中学校の生徒に学校の便所掃除を義務づけること、一つ、大学生の自習時間は世界で最低である、ブランド物を買うためスナックでアルバイトする女子学生は学校をやめて芸妓になり一芸を磨くべきではないか。

辛口の公約の得失はともかく、候補者五人が拮抗する選挙戦で、牧は漁夫の利を得たようだ。この選挙にも綺麗どころがわんさと来て運動を盛り立てたが、これも業務出張と見なされ花代がつくのだ。牧が二度の選挙で負った一千万の借金のうち花代が占める割合は非常に大きい。

トロッコ列車は依頼して三日目に実現の運びとなった。嵯峨駅一六時七分発だそうで、早めに来てくださいといわれたアリは三十分前に駅についた。駅舎のホールでSLのD51を眺めていると牧が来て「ちょっと外に出てください」といった。今日の牧は首のつまった黒のワンピースをタイトに着て、薄紅の、ひらいたばかりの花のような唇に耳たぶの小さな真珠がよく合っていた。

駅舎の前の小広場にひとかたまり、二十人ぐらいの男女がおり、男は大半が外国人らしく、女はみな着物姿で、中の二人は底の高い草履をはき帯を長く垂らしていた。

牧はそちらの方へアリを連れて行き、「この方はアラブのジャーナリスト、アリシャールさんで、今日の招待主です。列車に乗ったら、私はインタビューを受けるので、皆さんはご自由におくつろぎください」と英語で紹介し、「それでは祇園の綺麗どころさん、お願いします。男の方はこっちへ来て」と自分の方へ外国人たちを手で招き、「あの人たちみんな留学生」とアリに教えた。

祇園の綺麗どころが帯の長い二人を両端にして横一列にならんだ。牧がバッグから巻紙のようなものを取り出し左端の妓に渡すと、それがつぎつぎと横へひろげられ右端の妓まで渡り、「ハーイ華やかに京都観光を」という横断幕になった。その光景を、プロらしい写真家が撮影し、終わると横断幕が地面に置かれ、綺麗どころが少し間隔を空けた。数秒の後、真ん中の妓が「はい、サン、ニイ、イチ」と音頭をとり、みなが歌いだした。歌だけでなく手も足も動いている。

「月はおぼろに　東山　霞む夜ごとのかがり火に」

手ぶりは優雅で、たゆたう波を思わせ、足はわずかな動きながらトンと地面を叩くとき着物の裾がはらりと揺れる。「これ、祇園小唄どす」と牧はアリに教え、自然に体が動くらしい、その微かな波動をアリの肩に伝えた。二番が終わり、三番が続くものと思っていたアリはわが耳を疑った。合唱の声が次のように聞こえたのだ。

「ムーン　フローティング　オンザヒガシヤマ　ボンファイヤー　バーニング　ナイトアフターナイト」

「これ、わたしが翻訳したんです」

「情景が目に浮かびます。牧さん、祇園の偉い人なんですか」

「わたし、お茶屋の娘で、芸妓さんに英会話教えてるんです。今日はアリさんのお蔭で、観光宣伝は出来るし、芸妓さんもトロッコ列車に乗られて大喜びどす」

「芸妓さんは、今日は遊びなんですか」

「堪忍しておくれやす。ちゃんと花代がつきます。家を出て戻るまでの時間で計算されます。勝手にアレンジしてしもうてごめんなさい」

「そうすると、先日いわれた金額に花代をプラスすることになりますか」

「いいえ、もちろんあの範囲でおさまります」

歌と踊りが終わると、もう一度写真家が全員を入れて集合写真を撮った。それから牧は長帯の一人を呼んで「この舞妓さん、夕風さん」と紹介し、この履物はおこぼ、髪はじげで結い、かんざしは月々変えて今月は柳、髪の形はわれしのぶ、と説明した。アリが手帳に「自毛」「吾忍ぶ」と記したのを、「見せて見せて」とせっつき、仕方なく見せると、くすくす笑いながらアリのペンで「地毛」「割しのぶ」と書き直し、「一度、祇園で遊びまひょか」といった。

改札の放送がされると、アリは一番にプラットホームに下りて前から後ろまで列車を見物した。ディーゼルの機関車は黒塗りの四角な顔に大きな両目（ヘッドライト）と団子鼻（嵯峨野号の表示板）をつけ、頑張り屋のお父さんというところだ。運転席はバーント・オレンジの色、客車の窓部分も同色でその下部は黒と黄色、アリらの増結車は先頭でホームからはみ出るので二両目から乗車した。四人掛けのボックス席が通路の両側に八列ぐらいあり、牧は綺麗どころと男たちに「あなたたちはここから向こう」と指定し、自分とアリは最後尾の左側に向かい合った。アリらと彼らの席の間には三列の緩衝地帯があり、二人きりで乗車したいアリの気持ちをなにほどか充たしてくれた。

定刻、ピーピーと汽笛というより薬缶が沸騰を知らせるような音を立て、ガッタンと動きだした。この列車は山陰線の電化の際廃線になった一部を観光用に復活させたもので、窓は手で上下に動かすタイプ、椅子はコチコチの木製である。車輪がゴトゴト回りだすと、開いた窓から鼻腔をつんとさせる涼気が入ってきた。ああ竹のにおいだなとアリは、前回京都に来たとき野宮神社辺りは竹の春だったのを思い出した。

ほどもなく嵐山駅に着いたが、ホームが短いうえにトンネルと接していて、列車の半分がその中へ入ってしまう。空気はひんやりとし、鉄分を含んだようなにおいが何かトロッコらしかった。間もなく発車し闇を抜けると、アリは本当に無蓋貨車に乗ったような気分になった。窓すれすれに楓が枝を伸ばし、それがずっと続き、牧の顔も緑の微光をおびている。

楓はまだ若木なのか、枝がひょろ長く、ぎざぎざの小さな葉っぱは赤子の手のようだった。その無数の手を透かして直下の保津川と対岸の険しい山容が見え隠れする。川は青い淀みと白いしぶきを上げる急流の二相を見せ、山は気難しく押し黙ったままである。

「このトロッコ、少し走り過ぎると思いません」

牧は目に微笑を湛えてアリと対座しており、寡黙な貴婦人のようなその居ずまいはバック転の女とはよほどちがっていた。

「機関車が、頑張る日本のお父さんみたいやからね。でも速度は駱駝と似たり寄ったりです。いつか牧さんをあれに乗せたいな」

すぐにゴトンゴトンの音がカタンカタンとかわり、牧は首をすくめ目を足元にやった。列車は鉄橋にかかり、その下を豊かな水が急な勢いで流れていた。上流三百メートルほどのところで急カーブしているらしく、その先は見えない。流れのところどころ大小の岩が隆起し、コバルトブルーの水を一瞬にして純白の飛沫へと変化させる。

それにしても大変な水量である。フランス人が砂漠の民をサヴォアの滝に連れて行ったとき、彼らはあの水が流れ終わるのを待ちたいといったことを、サン・テクジュペリが書いている。だが今やわが砂漠に水は豊富であり、天然雪を持ってきて人工スキー場までこしらえている。

雪の連想で、アリは牧に質問した。

「この辺に雪はつもりますか」

「ええときどきね。でも当てになりませんから桜と紅葉の時季に、またおいでやす」

「牧さん、観光に携わっているのですか」

さっきから芸妓らは牧のことを先生と呼んでいるが英会話の教師だけじゃないような気がしてたずねたのだが、牧は首を軽く横に振って、なぞかけを愉しむ風な目つきをした。

えへんと咳払いしてからアリは続けた。

「春は桜、夏は緑、秋は紅葉と変われば、人の感性は豊かになるでしょうね」

「それはそうやけど、気が変わりやすいともいえます。戦争に負けたとたん、シンチュウグンに擦り寄ったとおばあちゃんがいってました」

「シンチュウグン?」

「ジ・オキュペーション・アーミィ。ごめんやす、こんな話になって」

この列車は運行時間二十三分で、こんな話をしているうちに終点の亀岡駅に着いた。アリはこの間、窓の景色と牧の顔を交互に見ながら、それでもちゃんとトンネルが六つあるのを記憶に留めた。そればかりか牧が例の列車の女ではないかと頭を悩ませたりもした。

帰りは船で保津川下りをしてスリルを味わう方法もあるがこの時刻はもう終わっている。アリと牧は同じ席で出発を待っていて、これでは景色が同じだと気づき通路の反対側に移動した。


間もなく列車が発車すると、牧はバケット・バッグから携帯用ポットと紙コップを取り出した。自分の好きな玉露入りの煎茶を用意してきたのだ。茶を入れて渡すと、アリはごくごくとひと息に飲み、ああうまいといって視線をポットに移した。コップが大きめなので、もうポットには残っていない。

「アリさん、おかわり飲みたいの」

「はい、僕らの所では客は何杯でも所望できるのです」

「困ったなあ、わたしの分は口をつけてしまったし」

「牧さん、よかったら、それ僕にください」

「ほんまにいいんですか……ほな」

牧の指が勝手に動いて、飲み口のところを抓んでいた。牧はそこに出来た小さな印しを後ろにしてアリに渡した。するとアリは丁寧にお辞儀をし、コップを右に二回まわした。口をつけたところは依然後ろの位置にある。少しの間アリはコップをじっと見つめていた。お薄の飲み方を忘れたらしく、懸命に思い出そうとしているようだ。二口で飲もうが三口で飲もうが、そんなことどうでもよろしいのに。牧がそういおうとしたらまた手が動いた。半分だけコップをまわし牧の飲み口を真ん前に持ってきたのだ。そうしてアリはもう一度お辞儀をすると、そこのところに唇を当て、今度はゆっくりゆっくりコップを傾けた。

牧は猛烈に恥ずかしくなった。顔が赤く上気したのを見抜かれまいと窓に顔をくっつけた。けれど景色は目に入らず、青と緑の吹流しが飛んでゆくようにしか見えなかった。

列車が保津峡駅を発車しトンネルを抜けるとすぐ鉄橋にかかり、「わあ高いなあ、このトロッコ転覆せんやろね」とアリは思わず口走った。今しがたの茶の振舞が照れくさくて何か話さねばと焦ったらしい。牧は窓に首を伸ばし、「うわあ」と声を上げ両手で顔をふさいだ。そしてやにわに立ち上がると体を半回転させ、アリの隣に入り込んだ。男の体を壁にして鉄橋から遠ざかろうとしたようだ。

「これと同じ線で、わたしの小さいとき大事故があったんです。余部鉄橋いうものすごい高い橋で風にあおられて落ちたんやそうです。アリさん、どうしてそんなこと思い出させるの」

牧はアリの方に身を寄せ、「わたし、高所恐怖症なんや。どうしよ、どうしよ」と頭をアリの肩に埋めるようにした。

それはほんの束の間の、列車がカーブして体が傾いたともとれる仕草であった。だから向こうの外野席から変な目で見られることはないだろうが、牧が体を離してからもその体温がほのかに感じられ、アリはかえって身を堅くした。

早く肝心の目的を果たさなくてはと気は焦るものの、なかなか踏ん切りがつかない。今日の主な目的は、牧に二列先の席から外を見ているポーズをとらせ、例の女かどうか検分することにある。しかし、これを実行するには、前提として石巻の出来事を話さねばならず、もし牧がそれは自分じゃないと否定したら、それまでである。むろん二人が別人であってもそれはそれで仕方がないが、やはり別人と断定されないほうがいい。

とうとう列車は嵯峨駅に着き、アリは今日のスポンサーという現実に戻った。

「僕、支払いをします。こないだいわれた金額でいいですか」

「ちょっと待ってください。その点は説明しとかないとあきません」

牧はほかの者を先に行かせ、駅舎の喫茶店にアリを誘った。二人は向き合って座り、コーヒーを頼んだ。アリは長い睫毛の中から牧を眩しそうに見、人懐っこい、少年のような微笑を浮かべた。その眼差しはあくまでも純で、牧は自分が少年の目の中のトンボになったような気がした。先夜受けた精悍で荒削りな印象はやや修正され、そこに清新さと一種の愛嬌がくわわった。おまけに今日のアリの服装も素晴らしく、亜麻色の背広に焦茶のネクタイがよく似合い、少壮外交官といったところだった。牧がそれを褒めると、「これ、米国大統領と対談するときのやつや、まだちぢんでへんで」とズボンの裾をちょいと上げてみせた。

コーヒーが運ばれてきた。牧はカップを見て先刻を思い出し、あわてて事務的な顔を作った。

「あのねアリさん、さっきもいったように今日のあなたは花代を払って芸者遊びをしたことになります。トロッコ列車がお座敷やったわけ。それでその支払いはこれから交通費やなんかの諸経費を含めて計算するので、請求は後日になります」

「しかし、あなた、金額を提示しましたよ」

「あれは概算で、少しオーバーに申し上げました。お茶屋の払いって、半年先になる人もいますんや」

「僕は風来坊で半年も日本にいません」

「いつまで、京都にいるんです」

「自分でもわかりません。だから今日払ってしまいます」

「それ、色町のルールにはずれるんや。せめて二月……いえ一月はいてもらわんと精算できしまへん」

「多い目に予算が出してあるんなら、それで手を打ちます」

アリはポーチから金の入った封筒を出し、牧の前に置いた。

「あなた、そんなに京都にいたくないのん。何回も何回も座禅したいと思わへんの」

「鹿鳴寺でですか。それ、一緒にという意味ですか」

「あーあ、もうええわ。微妙な会話、無理なんやね」

「僕、一度に二つのこと考えるの、苦手です。まず支払いを済ませないと」

「わかりました。預かりまひょ。アリさんの手帳出してください」

アリが手帳を出すと、牧は空白の頁に預かりの文言を記し、屋号の「夢兎」のかわりに耳を垂れて眠っている兎の絵で代用した。アリはそれを見て笑いだした。

「これ、亀と駆けっこをしてる兎ですか。鹿鳴寺で居眠りしてる兎ですか」

牧は温かみをこめてアリを睨みつけようとしたが、そんな芸当は出来っこないから、真顔になった。

「アリさん、トロッコ列車、取材に役立ちましたか」

「ええ、まあ、それがですね……」

アリは口ごもり、少し間があってから「ジャーナリストとしての客観性に欠けていたようです。とくに帰りの列車では」と答えた。牧はこれから二時間でも三時間でも、アリをして客観性に欠けるままにしておきたかった。けれど市長の仕事がまだ残っているのだ。

「アリさん、わたし、仕事に戻らないといけないの。そろそろ失礼します」

「仕事というと英会話ですか」

「ちがいます。何だと思います」

「わかりません。お能の面を打っているとかですか」

「便所掃除業をしています。祇園界隈でね」

「へえー、あなた自身もやるのですか」

「もちろんです」

「祇園の便所はメッカの方を向いていないでしょうね」

「メッカというと祇園からだと西の方やろか。それがどうかしましたか」

「メッカを向いて排便するのはコーランで禁じています」

「今度アリさんが入れる便所を探しておきます。そやから、それまで京都にいなさいな」

5　殺し屋はベートーヴェンがお好き

トロッコ列車の三日後、雨の夜の小冒険から数えると七日目に花田が会いたいと電話してきた。

「何のために」

「例のもの、渡さなきゃなりません」

「はあ……何でしたっけ」

「百万なんですが」

「百万ね。よく話し合いましょう」

花田は何かいいかけたが、あはーと心の重荷から発したような吐息を洩らし電話を切った。アリはあれっきり花田が姿を消すという筋書を想定し、これの小説化を目論んでいたが、花田を極悪人とするか、ただ働きさせられた自分を馬鹿とするかで頭を悩ませ、ペンディングになっている。

二時間後の柳水堂の談話室。花田は窓際の席にいて、アリが入っていくと前回と同じく椅子を立って迎える姿勢をとった。

「どうしたのです。何か問題が起こりましたか」

「どうも、すぐにお払いしませんで」

「百万のことですか。でもこの一週間金の夢は見ませんでしたよ」

花田は手提げ鞄から新聞紙の包みを出し、アリに渡そうとした。

「花田さん、金は銀行に預けてないのですか」

「銀行は何かとうるさいんでね。現金のまま持ってます」

「アパートにですか」

「いや、駅のコインロッカーです」

「僕のリュックはいつ返してもらえるんですか」

「返さなきゃいけませんか。あれに入れてロッカーに預けてるんです」

「四千万まるまる入ってるんですか」

「じつはその四千万のことなんですが、アリさんにお願いがあるんです」

「公益に使うんですね」

「そうです。少なくとも私にとっては公益に使うのと同じです」

「どこへ寄付したいのです」

「子供にやりたいんです。郵便受けに入れたりしては、お堅い女房のことだから警察に届けるでしょうし、私からだといえば意地でも受け取らんでしょう。あれからずっと考え続けてるんですがいい知恵が浮かばないのです」

「これは難問ですね。それにお子さんにあげるのは公益とはいえないでしょう」

「何とか、力になっていただけんでしょうか」

花田はテーブルすれすれまで頭を下げ、新聞包みをさらにアリの方に前進させた。

「この百万は、今の依頼の分ですか」

「いや子供の件は、無償でやっていただきたいのです」

アリはその独断的な言い草に対し、無言で新聞包みを押し返した。と、ちょうどそのとき通路の方に不吉な物音を感じそちらを見た。あの男だ、やはりあいつだ。この二日間自分を尾行しているあの男が、通路を通り鑑賞室へ入っていくところだった。

「アリさん、お願いです。子供の件、一生のお願いです」

花田はなおも懇願し続けた。アリはしばらく真剣に思案し、百万を突っ返すのは情誼上もまずいな、こちらにも頼みごとがあるから波風立てないほうがいいだろうと判断した。アリは「これ、預かります」と金をショルダーバッグにおさめ、重々しい口調でいった。

「あなたの頼みを引き受けるかどうかは、あなたがこちらの頼みを聞いてくれたら考えることにします」

これに対し、花田がふんふんと気楽そうにうなずいたので、「これ、命にかかわることですよ」と強くいうと、花田は例のきょとんとした、リスが手の中のドングリを落としたとでもいうような目つきになった。

「じつは、人に尾行されてるようなんです。ひょっとすると殺し屋かもしれません」

アリはそう前置きして、不審顔の花田に次のとおり説得を試みた。自分には先を見る能力がそなわっている。砂漠の十キロ西にオアシスがあるとか爪先一メートルのところにサソリが潜んでいるとか、あっちの部屋の右側後ろから二列目にいる黒いブルゾンの男が尾行者であるとかがね。つまり自分はベドウィンの血を濃く持っているようで、花田さんが私のためにひと肌脱いでくれるということも本能的に察知している。そういうわけで、これから僕とあなたはこの店を出て鴨川堤をぶらぶら歩き、あの男が尾行者かどうか確かめることになる。僕とあなたは少し間隔をおいて並んで歩き、敵が襲撃をしてきたときはあなたが僕の後ろに回り、後衛となる。敵は切っ先の鋭い小刀で臑臓をひと突きにして致命傷を与えるだろうが、誇り高いプロだから花田さんを刺したりはしない。僕は襲撃に対する予知能力も十分に持っているから敵が突進してきたら「あっ」と叫ぶことにしよう。そしたらあなたは間髪をおかず僕の後ろにつくこと。それで敵は止まらざるを得なくなるから、その間に僕は無事逃げることが出来る。

アリは話し終わると花田の意向を確かめることもなく二枚の伝票をつかんで椅子を立った。花田はついてきて、階段の途中で「私が刺されないのは、間違いないでしょうね」と駄目押しをし、アリがうなずくと、「子供のこと、引き受けてくれますね」と念押しもした。アリはこれにもうなずき、こう言い添えた。

「だけど、あなたがもたもたして僕が刺されたら、子供さんに金は渡りませんよ」

アリと花田は川端通りを賀茂大橋まで歩き、たもとの石段を降りて河川敷に出た。雨があがったばかりで、川の水に布を蒸したようなにおいが混ざっていた。晴れていれば斜め左に見える稜線も靄に隠れ、丸太町の橋もぼうっと霞んでいる。

河原は広く開放的で、所々背の低い植え込みがあり、散歩道は夜来の雨でやわらかかった。尾行者が仕掛けてきた場合、ダッシュの第一歩で滑らぬよう注意せねばならない。

十メートルも行かないうちに花田が後ろを振り向いた。

「それやっちゃ、ダメです。漫歩のつもりで歩いてください」

「油断しているように見せるんですか。相手をおびき寄せようと考えてるんじゃないでしょうね」

「悪いウミは早く出したほうがいいのです」

「あーあ、やっぱり人種がちがいますわ」

いいながら花田は急に足を早め、アリの二歩ぐらい前に出た。

「ダメダメ、それで僕の後衛が務まりますか」

花田はあからさまに背中を丸め、十分に苦渋を表しながら歩調をゆるめた。

アリは後ろに神経を集めつつ、漫歩者らしくゆったりと川の方へ顔を向けた。すぐに、流れの中ほどに水鳥の三羽いるのが目についた。中洲の淀みに縦一列に浮かんでいるのだが、後ろの一羽の様子に尾行者の雰囲気は感じられなかった。あれはたぶん親子の鴨で、水上散歩を楽しんでいるのだろう。やれやれ人間というやつはなぜ敵対し合わねばならないのか。

風はそよとも吹かず、ひどく蒸し暑い。そんな大気の状態に水音がミュート風にこもり、物音が聞き取りにくい。そんな中へひとつ怪しい音が耳に入り、それがだんだん大きくなった。じっと耳を凝らすが、刺客のものかどうかアリは判断に迷った。それほど殺気を孕んだ音とは思えないが、心のあえぎを音にしたような感じだ。敵もかなり動揺しているようだが、こういうのが捨て身になってくるのだ。アリは身構え、とうとう後ろを振り向いた。むろん花田はその前に振り向いていた。

それは河馬のような毛をしたブルドッグだった。アリが見たこの種の中では最大級の図体をし、頬の垂れた爺さん顔のこの種のうちでも一番の爺さんに見えた。

犬は息をゼイゼイいわせながら初老の痩せた男を引きずって通り過ぎた。

「ああびっくりした。しかしアリさん、見渡したところ誰も尾行はしてないようですね」

「油断は禁物です。ここは人影も少ないし、植え込みに隠れながら接近できるから攻撃には絶好なのです」

また歩きだすと二十メートル先に堰が見え、水音が強くなった。これでは背後の音は聞こえないから、非常に危険な場所である。アリはそのまま歩き、水音が最高に強くなった所で立ちどまり、「あっ」と叫び声を上げた。その声は非常にリアルで、自分でも敵が襲ってきたように思えるほどだった。

間髪を入れず花田がアリの後ろについた。と同時にアリが前へ飛び出した。ほぼ同時に花田がまた後ろを見たらしく、「ストップストップ」と大声を出した。何事も起こらなかったのである。

「ベドウィンの予知能力もいい加減なもんですな」

花田が安堵の表情で皮肉をいった。

「いや、今のは予行演習です。どうやら今日の実行は諦めたらしいです」

二人は川端通りに上がり、荒神口の橋のたもとまで歩いた。「今日はありがとう、ここで失礼します」とアリがいうと、「子供の件、頼みましたよ」と花田がまた念を押した。

さて、アリがこのように尾行や刺客について疑念を抱くのはそれなりの理由がある。それは次のような家の事情が関連しているのだ。

――アリの家は王の一族で、この数十年の間に石油と天然ガスのお蔭で大金持ちになった。家は白亜のコンクリート建て、ちょっとした病院のような作りになっている。芝生の前庭を持つ共用部分と三棟の居住部分から成り、共用部分は居間、食堂、応接間、娯楽室に分かれ、居住部分には三家族が住んでいる。つまりアリの父は三人の妻を持っていたというわけだ。

アリが物心ついたとき、父はすでに三人目の妻も娶っており、家には母親らしい人が三人いて、どの人が自分の母親か区別がつかない有様だった。三家族全部が共用部分で過ごすことが多く、母親らはどの子たちも同じように扱っていたからだ。

家ではコーランが遵守され、父の威令も行き渡っていて、アリも学校に上がるまでは家庭のありように疑問を持つこともなかった。けれども、アリの入学した、裕福な家の子の多い私立校でもそんな家族構成の生徒は稀で、アリの頭に疑念が生じた。そのうち本を読んで、コーランが一夫多妻を認めた訳は、戦いによって出来た孤児と寡婦を救済するのが目的だと知って、さらに疑念が強くなった。

父の仕事ぶりもあまり勤勉には見えなかった。石油の輸出や海外投資などいくつかの会社の役員を兼ねていたが経営の衝につかず、週に二日ほど午前中出勤し、あとは家にいるかゴルフに行くかであった。

アリは口にこそ出さないものの父を批判的に見、それがだんだん反抗的態度に表れたようだ。五年のとき砂漠で一夜を過ごしたこと、中学になって無断で柔道を始めたこと、高校一年のとき二つ上の兄を、父の叱責も聞かず打ち負かしたことなど、父への鬱屈した思いがさせたのであろう。

この兄とのいさかいは、妹が本屋の店員と口を利いていたのを兄が目撃し、懲らしめに打擲したのが原因だった。アラブでは部族によっては女の操行は厳しく律せられ、あらぬ噂を立てられただけでも、名誉のために断罪することが行われる。兄はそれを実行し、アリは兄にやめてくれと懇願したのだったが、そんなアリを父が詰ったためにいっそういきり立った。もうその頃腕力で勝っていたアリは、兄を廊下に引っ張っていき柔道の朽木倒しをかけて転倒させ、兄を失神させてしまった。これを機に兄は一切アリと口を利かなくなり、四年前父が亡くなったときも、弁護士を頼んで早々に相続のけりをつけさせたのだった。

兄は生来小心な性格である。父を継いで一族の長になり家と財産を守らねばならないが、弟とは不和のままである。弟は父の葬儀後一度も家に帰ってこず、相続した銀行預金もあらかた使い果たし、そのうえライターとして半島の繁栄を批判したりしている。これではこの先あいつは何をしでかすかわからない。一族の名誉や富を平気で踏みにじるだろう。

兄がそう考えてもぜんぜん不思議ではなく、アリが外国にいるうちに亡き者にしようと企てることも、あの性格ではあり得ないわけではない――。


花田と鴨川堤を歩いた翌々日、目覚めるとカーテンの隙間から淡い朝の日が洩れていた。梅雨はひと休みらしい。

アリの瞼に、五日前の牧の顔が浮かんだ。窓の外の緑の濃淡を、うっすらと受けていたあの顔。それはあの列車の女にも、その後気仙沼で見た観音像にも似ていた。アリはそのとき震災がれきの仮置場を見に行ったのだが、近くの海音寺という禅寺の境内にその石像はあった。

小高い所にあるその境内からは太平洋が望まれ、海までの平地は津波に呑み込まれたのか、赤みをおびた土と雑草が広がるばかりであった。

通りがかった檀家らしい人に聞くと、住職さん家族は早めに避難して助かったが、津波は本堂の梁にまで達し、台座を入れて五メートルほどの観音像も顔まで浸かったという。けれどアリが見たときはその痕跡はなく、ほのかな青を湛えて、すがすがしいばかりの御姿であった。アリはしばらくそこを離れがたく思った。顔をややうつむけに瞼は重たげで目は少し伏目であるが、先刻のひとに似ているように思えてならない。それは優しさの中の憂い、ふくよかな肉感の中に凛としたものを感じさせるからだろうか。

観音像を思い浮かべると、アリは急に広隆寺に行きたくなった。バイキングの朝食を和洋折衷で済ませると、地下鉄東西線で「太秦天神川」まで行き、およそ一キロの道を歩いた。住宅街を縫うように進みながら後ろへの注意を怠らず、曲がり角では大回りして横目を使ったりしたが尾行の気配はなかった。

広隆寺は前にも一度来たことがある。広やかな境内は数日ぶりの晴天で解き放たれたように明るかった。木が立て込まず、気持ちのいい風が楓や桜の葉を光らせ、さわさわと吹き過ぎた。アリは本堂の左の道を霊宝殿へと進んだ。右の方に、見過ごすほど小さな池があり、睡蓮が薄いピンクの花を揺らしていた。六月のあえかな陽光を宿しているような花の色であった。

霊宝殿に入ると、アリはまっしぐらに弥勒菩薩半跏像に向かった。あらためてみると、高さ一二四センチのこの仏像は、思惟像ともいうぐらいだから物思いにふけっているように見え、列車のひとの一点を見つめる姿とよく似ていた。ただこの仏像の目は海音寺の観音像より細いぐらいで、つむっているとも見えるから、眼差しで相似性を判断するのは難しい。しかし頬はすっきりと知的で、しかも優しさを内包していて、あの人と同じようだ。目をほかに移すと、右手は薬指を中に折り、他の指はやや外へ反らせ、頬に近づけている。これはやはり思索のポーズであろうか。さて列車のひとは手をどうしていたろうか。記憶は定かでないが、右手を触れるか触れないほど軽くあごに添えていたように思われる。だがそう思うのは、目の前の弥勒菩薩が彼女に投影されているからかもしれない。

そういえば立位の観音像には胸に女らしいふくらみがあり聖母を思わせたが、弥勒像は扁平である。しかし、左膝にのせた右脚大腿部のたくましさと肉感は別人を見るようだった。ひょっとすると、一見スリムなあの人もこうなんだろうか、とアリの想像は自然と牧に向かった。

アリの頭は混沌としてきた。二つの仏像と二人の女がごちゃ混ぜになって区別がつかない有様なのだ。

アリは、頭の整理が出来ないまま広隆寺を後にし、気がついたらもう嵐電の「帷子ノ辻」に来ていた。アリはそこから北野線に乗って終点の白梅町で降り、柳水堂に行くべく今出川通りを東へ行くバスを待つことにした。そして何気なしに左に目をやったとき、二十メートルほど先の中華料理屋の前に尾行者がいるのを発見した。店の前の赤い餃子の看板に半身を隠しているが、側頭部の毛を上方に撫でつけた丸い頭と黒いブルゾンの袖が見えた。バスが来たら、あいつも乗り込んでくるだろうが、中で襲うことはあるまいと、アリはバスに乗り、前の方に立った。気持ちは落ち着いており、外の景色を楽しむ余裕も十分にあった。ただ、どうにも解せない光景が二度もアリの目に映った。一度目は走行の途中の商店、二度目はバス停の前のしもた屋風の家だった。商店のショーウインドウに写真入りのポスターが貼ってあり、あっ牧じゃないかと思ったアリは、しもた屋のポスターでさらにその感を強くした。しかしまさか便所掃除業の牧が街にポスターを掲げるはずがない。だとすると、自分はすっかり牧が好きになっていて、誰の顔を見ても彼女に見えるのだろうか。しかし別の見方をするとこの現象は、やはり女の顔を見分けられないことの証明でもあった。

アリはふと二年前ラスヴェガスで起きた出来事を思い出した。あのときアリはライターとして船出したばかりで、手始めにオイルマネーが買収したというカジノを取材に行ったのだ。イスラムはギャンブルを禁じており、その視点から批判的記事にしようと初めから意図していた。二日間カジノを歩き回り、予想したよりアラブの客が多いことの外目新しいネタは得られなかった。三日目の昼、アリはホテルのプールサイドで、どんな記事にするか頭をひねっていた。紺碧の空の下、アリの周りはすべて華やかな色彩に満ち、蘭やハイビスカスの花々が広やかな芝の緑に映え、とりどりの水着が行き交っていた。

しだいにアリの関心は、アラブによるカジノの買収から目前の事象に引き寄せられた。このホテルにはいくつかのプールがあって、メインの瓢箪型は大人のへそあたりしか水深がなく、酒気をおびた男女のために存在しているようだった。よく見ると、彼らが身にまとっているのは、女は紐状の布、男は腰骨にやっと引っかかったような代物で、これは体を露出するための仕掛けとしか見えなかった。彼らは片手にカクテルグラス、もう一方の手で腰を抱き合い、絡み合い、濃厚なキスに及んでいた。

酒はテラスのバーカウンターと、庭園に散在するコテージからふんだんに運ばれ、プールサイドのパラソルの下も、芝生を周遊する小径も、同じような嬌態がくりひろげられ、風が吹くと、サンオイルに混じってハシシュのにおいが流れてきた。アリはこれを、この国の大学のキャンパスでよく嗅いだものだ。

これが太陽のさんさんと降り注ぐ真昼間、しかもウイークデーに展開する光景なのだ。まさにこれはソドムでありゴモラではないかと、アリは心底から怒りを感じた。自分はジャーナリストとしてこの現実をアラブの人々に知ってもらい、カジノに投資した貪欲な背教者どもに猛省を促すべきではないか。

しかし、ただ報道するだけではその場限りで終わってしまう。読者に強いインパクトを与えるような、出来れば世界をあっといわせるような何かをやれないだろうか。

ほどなく、困ったときは必ず現れる駱駝が、やっぱり瞼に現れた。それも何頭もが隊列を組んでネヴァダの砂漠を横切り、ホテルに到着したのだ。

アリの頭はフル回転し、駱駝十頭を率いこのプールサイドを行進するという案を思いついた。地元警察はもとよりＦＢＩも軍隊も駱駝を止める方法を知らないからこの行進は延々と続き、プールサイドのパニックは世界中のテレビに伝えられるだろう。

だが考えてみると、ここで駱駝を調達するのも、喧騒の中を歩き続けさせるのも難しいし、そんなことに使役するのは彼らに失礼である。

何かほかに手はないものかと目をつぶり考え込んでいると、テーブルの残りの椅子がガタガタ動く音がした。目を開けると三人の女が腰を下ろすところで、口をそろえ「ハーイ」と挨拶をした。突然のことで怪訝な顔をすると、「お邪魔ですか」「こんなところのバカ騒ぎ、嫌いなんでしょ」「おたくの国では女は家から出ないのよね」などと口々に喋り、これに対しアリは無言で会釈だけをかえした。見ると、三人はジュースを携え、その水着もセパレートながら面積が広く、アリに好感を抱かせた。「ここへはよく？」と挨拶がわりにたずねると、一人が「東部から来たの。卒論で人類の死に至る病について書くためにね」と答え、カジノでその取材をしているのだと説明した。三人は、バカラで大負けしたあげくギャンブル御法度を唱えるアラブ人、部屋をそっと抜け出し黒人娼婦を物色するイギリス紳士、バーでぽつんと飲んでいる眼鏡をかけた日本人などにインタビューしたそうだ。

この女性三人は一応アフリカ系に見えるが、アリに確信があるわけではなかった。いずれにしてもこの機会に女性を見分ける力をつけようと、アリはそれとなく三人を観察した。顔立ちはどれも目がパッチリとして鼻はわりと高く、顔の輪郭もこぞって面長だった。早くもアリは同一人が三人いるような錯覚をおぼえ、どこかに違いを見出さねばと焦った。さいわい相違点が間もなく見つかり、アリはさしあたりほっとした。どの女も頭にバンダナを巻いていて、その色がオレンジ、紫、青とはっきり見分けられるのだった。この色の順にアリが名前を聞くと、ヘレン、アンナ、マリアとそれぞれ答えたので、アリも自分の名を教えた。

しばらく話すうちに、彼女らもまたここをソドムと見ていることがわかった。そこでアリは駱駝の行進案を話し、実行が難しいので何か別のアイデアはないだろうかと持ちかけた。反応はじつに早く、オレンジのヘレンがこんな提案をした。

「駱駝のかわりにマッチョな男を歩かせるのはどうかしら。素っ裸でね」

すぐに紫のアンナが疑問を呈した。

「だけど途中でエレクトしたらサマにならないわよ」

「それはそうね」

青のマリアが鷹揚にうなずきながら、この提案を簡単にまとめた。

「男たちには自分の足元だけを見て歩けと命令するの。それでもエレクトした者は契約違反で報酬を払わないことにしたらいい」

アリはこの案に乗り気になった。警察も全裸の大男たちを一度に逮捕するのは難儀するだろう。掴みどころがないからだ。ただ、マッチョな男を集めるといっても容易ではないし、逮捕を覚悟しなければならないから尚更だ。アリがその点を口に出すと、数秒の後アンナが「そうだ」と手を打って、成算ありそうにアリに笑いかけた。

「ここで興行しているプロレスラーを知ってるの。彼なら男気があるからこの話に乗ると思うわ。アリさんどうする」

むろんアリに異存はなかった。アンナは直ちに携帯で男に連絡し、大体の話をするといったん電話を切り、「会って話をつめたいというんだけど、このプールサイドが大嫌いなんだって」とアリの意向を伺った。アリは彼女らをすっかり信用していたので、ホテルの部屋番号を教え、君たちも来てくれるねと念押しさえした。

二時間後、三人の女子大生と黒人プロレスラーが五分の時間をおいてアリの部屋にやってきた。ロイと名乗るそのレスラーは二メートルをゆうに超える巨漢のうえ、古いアメリカ小説に出てくる黒人言葉を使い、アリを驚かせた。

ロイとアリは応接セットに向き合い、女たちは少し離れたベッドに腰かけ二人の話し合いを見守っていた。

ロイはすでにプロレス仲間十人に連絡をとり、事情をよく話しオーケーを取った、「どうか安心してくだせえ」と白い歯を見せ、アリを喜ばせた。礼金について希望額を聞くと、「そんなもん要らねえです。このアッピールは誰かがやんなきゃなんねえことだでね」と拳を振り上げボランティア活動であることを強調した。

実行は明後日午後一時と決め、二人は椅子を立った。アリは強い感銘を覚えてロイの方に手を伸ばし、ロイがその手を握った。

と同時に二人の間にあったテーブルがすーっと右の方に移動し（たぶんロイが片足を使ったのであろう）、二人の間に空間が出来た。そしてあっという間にアリの手はねじ上げられ、背中を向かされ、羽交い絞めにされた。そうしてロイはその恰好でソファに腰を下ろし、長い両脚でアリの両脚を挟み込んだ。アリはあえぎあえぎ抗議した。

「おい、君、何をする、何をするんだ」

「おら、手荒なことしてねえだ。少しばかりアリさんを楽しませようと思ってるだけだで」

「ヘレン、アンナ、マリア、助けてくれえ。こいつをどかせてくれえ」

「アリさん、三人の中の一人を選んでくだせえ。千ドルもらえば二時間たっぷり楽しめるだよ」

「なに、彼女らは売春婦なのか」

「そうじゃねえです。学費を稼ぐためのアルバイトだで」

アリは女たちを見るため首を左に向けようとした。しかしほとんど同時に右の方からロイよりだいぶ細い手が伸び、小さい筒状のもので何かを噴射した。それはアリの左右の鼻腔を的確にとらえ、息を止めるいとまを与えなかった。

「おいロイ、何を鼻に入れたんだ」

「いいことがしたくなる惚れ薬でさあ。アリさん、もうすぐ効いてくるだからな」

少しすると、惚れ薬の効き目なのか頭から怒りが消え、血のざわめくような高揚感と甘く疼くような欲望がきざしてきた。

「アリさん、好きな女、選んでくだせえ」

ロイに続いて、右の耳に女のささやき声が伝わった。

「ねえアリ、あたしの名をいって、あたしの名を」

かなりその気になっていたアリは、そちらを向いてバンダナの色を確かめようとした。

無い、無い、女はバンダナをしていないのだった。ショックを受けたアリは部屋を見回し、ほかの二人もバンダナをはずしているのに気がついた。ああこれじゃ俺は彼女らの誰も指名できないではないか。頭がパニックになり言葉を発せずにいると、ロイが新たな提案をした。

「アリさん、三人まとめて面倒見る気だか。それがいいですだ。学生さんも喜びますだ。ただし料金が三人で五千ドルになりますが、時間を一時間延長してサービスしますだで」

三人の女らがグループとして売り込むためかソファの前に揃って登場した。同時に一人が携えていたカセット・デッキをオンにし、ソファの上に置いた。ひどくテンポの速いビートのきいた音楽が鳴りだし、女らが踊りだした。その動きはとても激しく、いま右にいたのが左に跳び、真ん中のが接近して来たと思うともう右にいる、といった具合で、一人だけを目で追うことはアリには難し過ぎた。しだいにアリは抽象的な一人の女しか見ていない自分を意識するようになり、これでは永遠に女の見分けが出来ぬと、深い絶望に陥った。

このような絶望感に加え惚れ薬が自分には強過ぎたのか、間もなくアリの意識は遠くなり、気がついたのはもう真夜中だった。アリは服を着たままベッドに寝ていて、点検するとズボンのポケットの数百ドルは失せていたが、胴巻きの一万ドルは手つかずであった。

こんなことを思い出し、なぜかロイに対する懐かしさもあって、いっときアリは尾行者のことを忘れていた。バスが鴨川にさしかかると、アリはにわかに緊張を覚え、バスを降りると一度も振り返らずにさっさと歩き、柳水堂の階段を駆け上った。

鑑賞室に入ろうとしてアリはふとあれが聞きたくなった。ベートーヴェンのヴァイオリン協奏曲で、これは自分に一番勇気と慰安を与えてくれる曲なのだ。レコード係りの娘にリクエストをしてから、アリは鑑賞室の左側最後列に坐った。椅子の背は厚い布張りで膵臓を一撃されるおそれはないけれど、念のため体を沈め頸動脈に対する防御も固めた。

アリのほか客がぱらぱらと三人だけの部屋に、耳に親しいドラムの軽打がはじまった。

この協奏曲は三十代半ばの作らしいが、アリはいつも素晴らしい青春小説に出会ったような感動を覚える。みずみずしく、哀歓に溢れ、このうえなく高貴な叙情を湛えている。

しかし今日は早々と邪魔が入った。ハイフェッツが弦をひと弾きしたところであの男が入ってきたのだ。猫のように足音を忍ばせているが、アリの耳は難なくそれを聞き分けた。男はこの前と同じ、一番右の二列目に腰を下ろした。アリはつらつら考えた。なぜあいつはいつも同じ席に座るのだろう。尾行者なら居場所をあちこち変えるのが普通ではなかろうか。それにこちらを襲う気なら、外のどこかに潜んでいるほうが成功度が高いはずである。ひょっとすると男はクラシックが好きで好きで、自制が利かないのかもしれないな。そのうえこの曲を耳にしたら、仕事を放擲したくなったって不思議ではない。

アリはチャンス到来を実感した。およそ二十分の第一楽章と第二楽章を四分ばかり聞いてから椅子を立ち、ハイフェッツがやわらかなピッチカートをはじめたところで男の横に立った。ここは会話禁止だから、男の目の前に指を突き立て無言で命じた。

「隣の席に移れ」

男は臆病な犬のように目をしばしばさせ、そのとおりにした。アリは筆談をするためショルダーバッグから便箋とボールペンを取り出した。まずアリが書いた。

「クラシック音楽が好きなようですね」

男は無言でうなずき、答えも書いてよこした。

「大好きです。とくにこの協奏曲は」

この応答で、それからの筆談はわりとスムーズに進んだ。

「僕を尾行しているようだが、目的は」

「あなたの行動を観察しているのです。京都で何をしているのですか」

「ぶらぶらしているだけ。尾行を頼んだのは誰？」

「職業倫理上、いえません。しかし、あなたとは浅からぬ関係であることは当然のことでしょう」

「僕を怖れているのですか」

「さあ、私は直接会っていませんので、怖れているのか心配してるのかわかりません」

「いつ、殺しを実行するのです」

「まさか、この私が、まさか」

男はアリの方を向き、露骨に呆れた顔をして見せた。大口を開けたので歯がむきだしになった。

「バットマンのジョーカーに似ているな。殺し屋特有の歯並びをしている」

「いつまで京都に滞在しますか。それを教えてくれたら私の任務はおしまいです」

「わからないな。風来坊だから」

「それでは尾行を続けなくちゃいけなくなるのです。じつは料金は前金でもらっているのです」

「早く手を引きたいわけか」

「今日あたり声をかけようと考えていました。アリシャールさん、いつまでこちらにいるか決めてください。お願いです」

「まあ、ひと月はいてくれんとあかんのどす、といわれてるけどね」

「あなた、祇園に女がいるんですか」

「イスラムにはホモが多いという説もありますが」

「あっ、一昨日鴨川を散歩したあの男が、相手ですか」

「どうとでもとりなさい。依頼者に対する返事は、ひと月ぐらい居そうだということにしておいたら」

「そうします。それでいいのですね」

アリは「ご苦労さまでした」といって男と握手し、席を立った。何だかあいまいな決着であるが、実家で何か起こっていることはベドウィンの血が教えてくれた。しかし自分には関係のない話だ。

6　他人の金で　あしながおじさん

尾行男の所から元の席へ戻ろうと後ろの通路を歩いていると、花田が入ってきた。「やっぱりここでしたか」とアリにいうと、約束していたように談話室に足を進め、仕方なくアリもそれに従った。花柄のエプロンをしたウエイトレスが注文に来て、花田はコーヒーを頼み、アリにもすすめた。

「ちょっとお疲れのようですね。ココアのほうがいいですか」

アリはどちらも断り、花田の鼻を見て、感心したようにいった。

「僕が人に会ってたこと、嗅覚でわかったようですね」

「いや、私の第六感では一人で来ていると思ったのですが」

「例の殺し屋に会っていたんです。まだそこにいますよ。ベートーヴェンの協奏曲が終わるまではね」

「終わったらこちらに来るんですか」

「来ません。もうあなたが後衛になることはないでしょう」

「話がついたんですね」

「さあどうですか。ところで花田さん、僕に何か用事ですか」

「よくいいますね。あれほど約束したじゃないですか」

アリは首をちょっと傾け、腕を組んで思案の姿勢をとった。花田は「あ、あれですよ。子供に四千万渡す、あの件ですよ」と咳き込むようにいい、貧乏揺すりをした。アリはコップの水がこぼれないように半分を空にし、少し間を置いた。

「四千万、先に預けてもらわないとね」

「う、うっ」

花田は絶句し、例のきょとんとした目をあからさまにアリに向けた。

「この交渉、大変に難しいです。この話、無かったことにしてくれますか」

「そんなあ、それはないですよ。だいたい交渉がまとまらないうちに大金を預けるなんて、聞いたことありませんわ」

「僕には四千万は大金じゃないです。それより、やっと話をまとめたら、あなたの気が変わり、やーめたと言い出したら僕が自腹を切ることになります。あなた、それでメンツが立ちますか」

「私の意思は堅固です。天地神明にかけて」

「僕に金を預けなさい。大金をひそかに子供にあげる橋渡しなど、誰も引き受けはしませんよ。そもそもこの話、現実離れがしています。現金を見せて熱心に説得しなければ誰も仲介なんかしませんよ」

これで、ようやく花田もその気になり、それじゃ直ちに取りかかってくださいと頭を下げた。アリは当然すぐに金を持ってくるものと思い、それまで待つことにしたが、いっこうに動く気配がない。

「花田さん、どうしたのです」

「はあ？」

「お金、待ってるんですが」

「ああ、お金ですか。それは明朝ホテルに持って上がります」

どうも花田は、アリがどのランクの部屋に泊っているか確認したかったようだ。アラブの裕福な子弟らしく最高の部屋を独り占めしているのを見たうえで金を渡そうと考えていたらしい。

翌朝花田は九時過ぎにもう、フロントを通さず部屋にやってきた。リュックを背負った彼が見出したのは、シングルベッドと粗末なテーブル、一脚の椅子だけの一番安い部屋で、窓から見えるのは山の中腹ばかりであった。

花田はリュックを背負ったままもじもじとし、アリに対し半身になって扉の方をちらちらと見た。

「ああ、僕のリュックですね」

アリは花田の横まで歩き、「こんな所にいたのか」とリュックに話しかけ、花田の肩からはずしにかかった。花田は肩を揺すって抵抗する気配を見せたが、リュックがアリの物である以上取られるのは仕方がないと諦めたようだった。アリが早速リュックを肩にかけると、花田は憮然とした顔で「あなたが相談する人、どんな人ですか」とたずねた。

「祇園のお茶屋の娘です。ほかに適当な友人がいないのです」

もしバーンズがこちらにいれば相談したろうが、去年ロンドンに帰ってしまった。

「その人、アリさんのこれですか」

花田は右の小指を立て、小鼻の筋肉だけを使った、変な笑みを浮かべた。

「その彼女、僕の小指ではありませんが、もう二度も会ってます」

「たった二回？　それでその人を信用しちゃったんですか」

「いけませんか。花田さんは何度目で僕に穴掘りを頼んだのでしたっけ」

これでアリは花田を黙らせるのに成功し、肝心の点に話を進めた。

「しかしなんですね、お金が自分のリュックに入っていると、全部自分のもののような気がしますね」

「な、何ですか、それ、何がいいたいのです」

「あなたは、金というのは自分の占有に移ると、たちまち自分の所有になるのだといわれましたよ」

「アリさん、まさか、四千万を横領しようというんじゃないでしょうね」

「万が一、この金を落としたときは諦めてください。この金は僕の金なんだから」

「アリさん、この話、無かったことにして、そのリュック返してください」

「そうしたければ腕ずくで取ってください。僕はね、出来るだけあなたの依頼の趣旨に沿うようこれを使いますが、全部お子さんにというのはちょっと虫がよすぎる気がします」

「……」

「あなたは僕に穴掘りを頼むとき、八千万は公益に使うと明言しましたよね。それがはっきりと僕の頭に刻まれています。僕はね、親の遺産をおおむねそのように使ってきたから、そっちのほうのヴェテランといえます。ただしたぶんに気紛れなところがあるので、この四千万もどこに行くかわかりません。そういうわけで、あなたの意に添わない結果になるかもしれませんが、僕はやります。それが嫌なら、僕を張り倒して略奪することです。ただし、リュックは置いていってくださいよ」

花田は一言も発せず、ひとしきり頭を左右に振って不承知の意を表した。それからくるりと背を向け扉の方へ歩きだした。それでも一応片手を挙げ、さよならの挨拶をしてから出て行った。

そのあとアリは牧の携帯に何度か電話し、十一時半にやっと本人の声とつながった。超至急に頼みたいことがありますというと居場所をたずね、「それじゃすぐに地下鉄に乗って市役所前で降り、庁舎の受付で私の名をいって」と答えた。牧は市役所の清掃も請負っているのだろうか。

二十分後に庁舎に着き、受付嬢に寺川牧さんに会いたいのですがというと、牧から通じていたのかすんなりと「二百十五号室です」と教えてくれた。

それは二階の西北端にある部屋で、磨りガラスの戸に白のペンキで市長室と書かれており、アリは一歩下がってもう一度確認した。やはり市長室と記されているところをみると、牧は市長秘書が本業なのか。ドアをノックすると、「どうぞお入りください」と牧の声がし、その声はいかにも初々しい秘書らしかった。リュックを手に持ちかえ部屋に入ると、人間はたった一人しかいなかった。横に長い事務机と六人掛けの会議用テーブルが場を占めていて、人が二人執務できるスペースはなかった。居るのは黒縁の眼鏡をかけ、どこかの工務店の建築士のような作業服を着た人間で、それが寺川牧であった。牧は、自分が誰かをわからせるためか、眼鏡をはずし、目をパチパチとしばたたいた。

「牧さん、あのう……あなたが京都市長?」

「どうもそうらしいのや。でもアリさん、それは知らないことにしてくれへん。この部屋かて市長室らしくないでしょ」

いいながら牧は椅子を立ち、さあさあとアリを会議用の椅子に座らせ、自分は向かいに腰を下ろした。アリはあらためて市長室を見回し、その「らしくない」ポンコツぶりに驚嘆の声を上げそうになった。二方の壁には縦横の亀裂と茶色いしみがはびこり、北と西にある窓は鉄が錆びて上下に開閉できそうもなかった。それに、いま自分が二、三歩歩いただけで、床がきしみ艪を漕ぐような音さえ立てた。

「牧さん、いつ市長になったんです」

「この四月です」

「あなたが市長室を移したのですか」

「まあ、そうなんやけど」

アリは、牧の生返事を聞いて部屋換えの理由を訊くのはやめ、下に置いたリュックをテーブルにのせた。

「ここに四千万入っています。人の金ですが」

「え、え、えっ」

市長は声をつまらせ、「うそ」といいながら身を乗り出した。アリがリュックの紐を解いて中を見せると、「これ、京都市に寄付してくれはるの」と目を輝かせた。

「それだったら、牧さんに相談するまでもないことです」

「なんや、時間がかかりそうやな。アリさん、お握り食べます？」

「はあ、いただきます」

「梅干とタラコと鮭でいい？」

「はい、結構です」

牧は部屋を出て行こうとしてつと立ちどまり、アリに警告を発した。

「そのリュック、テーブルの下に隠しなさい。わが市は莫大な赤字を抱えているから、収入役の目に入ったら大変や」

庁内に売店があるのか牧は五分後にお握りと茶を携えて戻ってきた。アリは、収入役に嗅ぎつけられる前に用件を切り出した。これは大手ゼネコンの社員が横領した金で、東山の山中に埋めてあったのを服役後掘り出したもの。ちなみに自分もその作業を手伝った。男はこれを二子の養育費にしたいのだが、自分が表に出るわけにはいかないし、誰かを贈り主にするにもその方法が見つからず困っている。自分も相談を受けて大変困っている。牧さん、あなたの知恵を貸してください……。

牧はお握りを頬張ったまま、アリを突き放した。

「あなた、金を掘り出した共犯なんやから、あなたが最後まで面倒みたらええのや」

「はあ、しかし僕はそれで百万しかもらっていないのです」

「百万ももらったら、立派な共犯や」

「その百万のうちの八十万、何に使ったと思います」

「そんなん、わかるわけないでしょ」

「トロッコ列車にですわ。牧さんにもいったはずです。大穴を掘り当てたって」

「まあ、この人いうたら……うち、知らん知らん、もう知らん」

じつをいうと、トロッコ列車の日牧に払った分は自分の金で、花田が百万円よこしたのはそのあとのことである。しかしこの際そのことは黙っていよう。

牧は二個目のお握りを食べ終わったとき反撃を思いついたらしく、茶をぐいと飲むと「だいたいやね」と高飛車に出てきた。

「この四千万、建設会社に返すのが筋でしょうが。ちがいますか、アリシャールさん」

「断っておきますが横領したのは四千万じゃなくて一億ですわ。しかし、それが何億でもゼネコンは受け取りません。ややこしい金やさかいね」

「そんなことってあるの。どっちみち、少々こみいってるようやね。ここは弁護士の意見を聞いたほうがいいと思わない」

「あまり正義感の強い人はどうやろか。僕、横領の共犯で訴えられたくないです」

「わたしの妹です。まだ二年目の新米やけど、それにしてはアバウトやから安心しなさい」

　アリがよろしくというと、牧は即座に妹に電話し、「大事件やで」と弁護士がすぐに出動するように事を運び、電話を置くと、アリに「早う、お握り食べてしまいなさい」というながした。

　アリは黙々と三個のお握りを食べた。その間に牧は、自分と妹は母が束の間の恋愛をして出来た子で母はシングルマザーであるが、それを誇りにして相手が誰か語ろうとしない、ゆえにわたしも妹も「てなし子なんや」と歌うような口調で話し、「ところで、アリシャール」と急に厳しい目になり、十センチほど顔を近づけた。

「あなた、そんな男になんで加担したの。いったいどういう知り合いなんや」

「出町柳の柳水堂で知り合ったんです。それで信用されたらしいですわ。人間、信用されたらそれに応えるのが人の道とちがいますか」

「あなた、喫茶店で会っただけで信用されるほど軽い男なの」

「それ、言い過ぎや。洗面所で汗を拭いていたとき胴巻きを見られてね、それで信用されたらしいです」

「アリさん、胴巻きしてるのん。それでそのとき、いくら入ってたの」

「百万がひと束です」

いったとたんアリはしまったと思った。この百万の中からトロッコ列車代を出したからだった。しかし、さいわいなことに牧の頭はこの百万を素通りしたようだ。


アリは胴巻きの来歴について懐かしそうに話した。これはアリ自身の脚色もだいぶ含まれているようで、ボストンバッグにもぐりこむ大猫のくだりなど自分が猫になって実演し、少年のように目をくるくるさせた。牧はそれを見て、アリが穴掘りを手伝ったのも面白がってやったことだと得心し、今日の相談も悪童仲間の助け合いと解釈し大目に見る気持ちになった。

妹の理恵は十五分後にやってきた。牧が妹の仕事ぶりを見るのは初めてだったが、わりとてきぱきと進め、次の事実がわかるのにそれほど時間はかからなかった。

花田満という男が横領したのは、大手ゼネコンが政治献金のためにプールしている金で、献金の多くは違法なものであり、その資金は取引先に過大請求させ、過大分を返金させるやり方で作られていた。花田は着服した一億を全部競馬などに費消したと供述し、それで通したが、妻はギャンブルが好きな人とは思えないと証言した。ゼネコンは賠償の訴訟は起こさず、妻の実家が工面した一千万も弁護人の説得でようやく受け取った。求刑は懲役八年、判決も同じで、花田夫婦は服役中に離婚したが二人の子は花田姓のままである。子供は裁判時、姉が三歳弟が一歳で、母とともに実家がある京都府に引っ越した。

理恵は優しそうな口調に新進気鋭の闊達さをまじえ、以下のとおり意見を述べた。

この件の実質的な依頼者は花田さんだから、弁護士としては出来るだけ彼の意思に添いたい。

この金は本来なら政治家に行くべき筋であるが暗闇を通ってそちらへ行かせるのがいいか、花田さんの二子に与えるのがいいかは難しい価値判断を迫られる。

いずれにしてもゼネコンは受け取らないだろうから、どこかに帰属させねばならない。

裁判官が求刑どおりの厳しい判断をしたのは被告の供述を信じず、着服した金の一部を隠匿していると見たからではないか。だとすると量刑の重い部分は花田さんが懲役という代償を払って獲得した取り分と見ることも出来る。

この取り分を一千万と見なし、妻の実家から出た一千万をプラスして二千万を子供たちに贈ったらどうだろう。今、お姉ちゃんが十一歳、弟が九歳だから今後十年間、年に二百万ずつ分割して贈ることにしては。

理恵が意見を述べ終わると、すかさず牧が質問した。

「残りの二千万はどうするの」

理恵も間をおかず「それは育英財団に寄付したらどうかしら」と提案し、ワンテンポおいてからアリにいった。

「ただし、今の私の計算、たぶんに情緒的で法的根拠はありません。だからアリさん、これに従う必要はないのですよ」

「はい、僕にしても全額子供へというのは、どうかなと考えていたんです。寺川先生、僕が責任を持ちますので今の案で進めてください。ただ、僕が相談したいのは誰がどんな方法で金を贈るかなんです」

先刻から牧は、花田の名が出るたびに胸に引っかかるものを感じた。それがふいにあの作文を思い出したのだ。先月、市の小学生作文コンクールで銀賞を取ったあの生徒は花田姓ではなかったか。牧は冒頭部分の「私の作文に、父は登場しません。父の記憶がほとんどないからです」にいたく胸を衝かれ、これに金賞をあげたいと思ったほどだ。

「アリさん、花田さんの子の名は」

「はい、もちろん聞いてあります」

アリはリュックのポケットから手帳を出し、「舞、良平」と記した頁を見せた。

牧は「その子や、舞ちゃんや。作文で銀賞を取ったんや」と叫ぶようにいうと、バック転したときの勢いで部屋を出て行った。

「姉ちゃん、走り出すと、あの調子やからね。市長も弾みでなったようなもんやし」

理恵はあはははと天井に向け、じつにあけっぴろげに笑った。その波動がどうも足に伝染したらしく、アリのリュックに何か当たる音がした。

「あら、何かしら」

理恵は体を横向けにしてテーブルの下を見た。同時にアリがリュックを拾い上げテーブルに置いた。

「四千万、ここに持参してきてるんです」

「えっ、ほんま。見せて見せて」

アリが紐を解いて中を見せると、理恵は心底うれしそうな顔をし、姉と同じように目を輝かせた。理恵は姉とちがって顔も体つきもふくよかで、その屈託ない挙措に庶民派弁護士の面目が躍如としていた。

「アリさん、姉ちゃんにお金見せはったん」

「そら、見せましたよ」

「あの人、恨めしそうな顔したでしょう」

「うーん、そこまでは気づきませんでした」

「姉ちゃん、市議と市長の選挙で一千万ほど借金作ったの」

「へえー、知りませんでした」

理恵はさらに、姉は母からも借りていて、利子が払えないから金曜だけ母のバーでホステスをやらされているのとアリに教え、「そうや、今日はその日やから、行ってあげてよ。

姉ちゃん、めちゃくちゃ喜ぶと思うわ」とアリをそそのかした。

そこへ牧が戻り、事務机に座って黒縁眼鏡をかけると、「花田舞の作文を朗読します。静かに聞くのよ」と眼鏡を鼻にずらし、二人に注意を与えた。


私の作文に、父は登場しません。父の記憶がほとんどないからです。母に、お父さんてどんな人と聞くと、そのうち話すわ、そやけどその前に現れたら困るなあなどといって笑っている、変な母です。

母は郵便局に勤め、走るとガタガタいうポンコツ自転車で通勤しています。「バンビ号」と母が呼んでいるこの自転車を弟は馬鹿にし、「このアパートに駐車場がないから、あんなんに乗ってるんや。なあ姉ちゃん」と私に同意を求めました。「良ちゃん、それちがうわ。うちは中古自転車しか買えへんからここに住んでるんや」と教えると、ぷんぷん怒りだし、その晩母に「携帯電話買ってくれ」とねだりました。母は「携帯を持たないのがうちのポリシーや、テクノロジーは人の心を貧しくするさかいね」と説得しましたが、通じたのは私に半分ぐらい、弟にはぜんぜんでした。そこで母はもっとわかりやすく「良ちゃん、人に道を聞かれたら教えてあげるやろ。そうすると、教えてもらった人はうれしいし、教えたほうもいい気持ちがする。これで人の心が豊かになるのや。ところが今は携帯のナビが人に代わってやるから人と人との触れ合いがなくなるわけ」と説明しました。弟は四分の一ぐらいわかった顔になりました。

家族といえばもう一人、母の母がいます。亀岡の方の農家で、いつも野菜をたずさえてうちに来て、両隣にも配ります。とても明るい、歌の好きな人で、中でも「月の砂漠」は学芸会で好きな男の子とデュエットしたこともある十八番です。

ところがバアちゃんは何度歌っても歌詞の一部がしっくり来ないのだそうです。「金のかめ」「銀のかめ」のかめには何が入っているのか、という点です。先日バアちゃんは私にこういいました。「銀のかめには銀貨が、金のかめには金貨が入ってるんとちがうやろか。旅をするにはお金がかかるし、水ならかめに入れなくてもラクダが背中のこぶにいっぱいためてるさかいに」。私は、ロマンチックじゃないなと思いながら、意見をいいました。「ラクダのこぶはぜんぶ脂肪なんだって。それにこの歌が作られた時代、砂漠は貧乏だったから、かめに金貨をつめるのは無理だったのとちがうかな」。するとバアちゃんは「そしたら、今の砂漠は金持ちなんか」と聞き返しました。「そうや、石油が出て大金持ちになり、高速道路も走ってるし、スカイツリーみたいなビルがどんどん建ってるんや」「わあげんめつや、そんなんあかん、もう月の砂漠、歌えんようになるがな」

話を聞いていた母がいいました。この歌の王子様とお姫様は仲の良い兄妹かもしれへんね。もう、そんな所に住むのがいやになって街を出ていかはるんや。どこへとは決めてないけど本当の砂漠を探しにね。歌詞に「とぼとぼ」とあるのは二人の心細い気持ちを表しているようだけど、二つのかめには水がいっぱい入っているし、何よりも二人にはお陽さんとお月さんと満天の星がある。ナビなんか持っていなくても、ちゃんと方角が決められるんや。

私は母の話に感動しました。以前から私は砂漠にあこがれ、いつか行ってみたいと願っていました。どうかアラビアの人たち、もうビルなんか建てないで自然の土地をそっとしておいてください。「星の王子さま」の語り手は書いています。「ぼくは夜になると、空に光っている星たちに、耳をすますのが好きです。まるで五億の鈴が、鳴り渡っているようです」と。


「以上です」

牧は作文をたたみ、突然石と化し、沈黙の人となった。アリも胸いっぱいに感動が溢れ、声を発することが出来なくなった。しばらくして理恵が「感想は」とアリにたずねた。

「言葉になりません。舞ちゃん、ありがとうというしかいいようがありません」

それを聞いて牧がう、うーっとくぐもった声を出し、怒ったようにぱっと眼鏡をはずした。

「そうや、これや。ねえアリさん、あなたがこの作文にすごく感動して舞ちゃんきょうだいに奨学金を贈ろうと思いつく、というのは。あなた、あしながおじさんになるわけ」

「ああ牧さん、それ、素晴らしいアイデアです」

「理恵、どう思う」

「名案だと思うけど、この贈与に整合性を持たせるにはアリさんがお金持ちでないといけないわね」

「それなら心配要らないの。この方、胴巻きに札束をつめて歩いている方やから」

牧はついでに、アリと花田の最初の接触の場面も説明し、理恵を喜ばせた。

「アリさん、その胴巻き、今もしてはるん」

理恵がアリの腹部に視線を近づけ、たずねた。

「はあ、やってます。しかしいまや僕は金持ちじゃないですよ。一千万の借金で苦しむ人も救えないほどです」

いいながら牧をちらっと見ると、その目が理恵に向けてぴかっと光った。このお喋り女がとその目はいったらしい。

「まあ、金持ちらしく見えたら、それでいいのや」

理恵は気楽な口調でいい、二千万はアリさんと自分とで信託契約を結び自分から年賦で花田側に渡し、贈り主は匿名にするよう厳命されていると説明する。後の二千万は自分がアリさんの代理となって育英会に寄付することとし、今から事務所で書類を作成したいと、フットワークのよさを示した。

ちょっと待ってと牧が制し、理恵に質問した。

「匿名というけど、ずっと匿名でいくの」

「十年後、払い終ったときは贈り主を明かすことになると思う。そうそう、小説では結局あしながおじさんと孤児の少女は結婚することになるんだけど、アリさんと舞ちゃんかてわからへん。もしそうなったら、姉ちゃん、どうする」

理恵は涼しい顔でいい、アリに向かってペロッと舌を出した。

「あんた、何ていうことを……」

牧はやにわに眼鏡をつかみ、それをかけると話を急転回させた。

「そうそう、掘り出した金は八千万といったわね。それで後の四千万はどうなったの」

「そこまで僕は関知していないです」

「本人はどういってるの」

「初めは公益に使うといってたんですがね」

「自分のために浪費したりしたら、この作文が泣きますね。アリさん、そう思わへん」

「はあ、思います。それで先ほどから考えてたんですが、作文のコピーをいただきたいと」

「原本があるから、これを持っていきなさいよ。有効に使わんとあきませんよ」

7　ベリーダンサーの嘆き

寺川理恵の所属する共同事務所は市庁から徒歩五分の新しいビルにあり、およそ一時間接客用のブースで契約書や委任状など作成し、金の受け渡しをして手続きを終了した。アリが椅子を立とうとすると、「ああそうそう」と理恵は、メモ用紙を使って母の営む「夢兎」へ行く地図を認めた。この「ああそうそう」で、アリは弁護士費用のことに思い至り、詫びをいってから、どのぐらいかかるか理恵にたずねた。彼女は「そうやなあ、これ、ボランティアみたいなもんやしなあ」などとあいまいな返事を繰り返した。どうやら自分の稼ぎには恬淡としたタイプのようで、アリは迷ったあげく、「いま百万持ってるので、とりあえず手付けとしてお支払いします」と打開策を試みた。理恵は数秒考えてから「それで十分です。二千万に若干の利息もつくことだし」とあっさり百万で承諾し、「ほなアリさん、あそこへ行くんでしょ」とトイレの場所を教え、「変な人に胴巻き、見られないでね」と親切にも注意をしてくれた。

トイレの中でアリはこう考えた。この百万は花田から渡された金であるが、花田が負担すべき弁護士費用をこれで支払うと穴掘りはただでやったことになり、やましさが減殺される。

アリは百万を支払い、「お蔭で肩の荷が下りました。これですべて済みましたか」と一応理恵に確かめた。理恵は「ご苦労さまでした」とアリをねぎらい、そこにもう一言「花田舞ちゃんの作文、落とさんといてね」と付け加えた。この一言で、ホテルへの帰路は来るときと同じほどリュックが重たく感じられた。

ホテルに戻るとアリはたっぷり時間をかけて入浴し、そのあとイスラムの「マグリブ」の祈りを行った。これは普通日が沈み夕焼けが消えるまでの間にするものだが、今日は曇天なので、勝手に薄暮と感じた時間帯を選んだ。それからアリは、近くのコンビニで買った稲荷寿司と豆乳で夕食を済ませ、ベッドに横になった。

体が適度に疲労していて快い眠りに誘われそうだったが、頭の芯がふいに冴えてきて色んな想念が次々と浮かんだ。

寺川牧が市長だなんて、まったく想像もしなかった。あの若さで大きなまちの市長になるのだから頭がずば抜けて良く、人柄もよほどしっかりしているのだろう。しかし鹿鳴寺でも哲学の道でもトロッコ列車でも、あのひとはそんなイメージをまるで抱かせなかった。むしろ可愛さ、無邪気さ、突飛なことをやらかすところが自分の目に好ましく見えたのだ。

それが突然市長に変身して現れたのである。ひょっとすると彼女、マーガレット・サッチャーのような鉄の女なのかもしれないな。いったい自分はこれからどう接すればいいのか。このまま尻尾を巻いて退却するのが身のためというものか。

だが一方彼女が市長に打って出たことは自分に自信を与えるきっかけになりそうだった。バスの窓から見えたポスターは牧であるにちがいなく、つまり彼女はあのポスターによって自分に女を識別する眼力があることを証明してくれたのだ。

物事を都合よく考えだすと続くもので、理恵があしながおじさんのたとえを出して「アリさんと舞ちゃんがそうなったら、姉ちゃんどうするの」とからかったのも、アリにはドキドキするほどうれしかった。それに、トロッコ列車や今日の四千万など、変てこな願いを聞き容れてくれたのは、市長としての度量というより自分に好意を持っているからではなかろうか。

アリの想念はさらに先に進んだ。理恵のあのような発言で牧の独身が裏付けられたわけだが、本人自身は結婚する気があるのだろうか。アリは自分の想いがここまで到達したことに我ながらびっくりした。これまで結婚して家庭を持ちたいなどと考えことがなく、そうなったのには父親が反面教師を務めてくれたのと、ベドウィンのジャーナリストが一箇所に安住してはならぬと、つねづね自分に言い聞かせていたからだ。

アリは脳裏から牧の面影を消すために、アラビア半島の夏を、その渇きと酷熱と吹きすさぶ砂嵐を思い浮かべようとした。すると瞼に浮かんだのは、牧と手をつないで歩む姿、それも遠くまで続く春の野道を行く姿だった。

いかん、いかん、とアリは頭を振った。考えてみると、古都の市長とフリージャーナリスト、定住者と一所不住の旅烏、どちらにもある収入の不安定さなど、結婚を阻害する材料はあり過ぎるほど見つかった。

アリはひどく不愉快な心境に陥り、一種の反発心から結婚とは何かを根底から考え直そうとした。そして、わずかの時間のうちに次のような理屈を考え出した。(互いの距離は離れていても、心が密に通じ合っていれば、空間を超越して存在感を共有できるのではあるまいか。自分と牧は新しい結婚のスタイルを築けるのではないか)。

だがこの理屈は観念的過ぎて実用の役に立ちそうにもないし、実際的な分別がアリに問いかけてきた。肝心の牧さんは自分をどう思っているのだろう。

これに続いて、こんな疑問が脳裏に浮かんだ。自分はさっき女性の識別力を獲得したと自覚したはずだが、それでは石巻のあの人と寺川牧は同一人なのか別人なのか。この能力を持っていれば答えは明確に出てくるわけであるのに、アリにはどちらとも判断がつきかねた。作業服を着た清楚な牧の姿からすると同一人と思えるが、あの人は静、牧は動との印象が拭えず、やはり別人かとも思えるのだった。そのうちアリは、とにかく牧に会って確かめようと思いつき、とたんに会いたくて矢も盾もたまらなくなった。

アリは前に一度試みに酒を飲み、それで性的欲求が昂ぶり失敗をしでかしたことがある。そこで今夜はコーランの教えを厳守しようと、ゴトラという白い布を頭にかぶり、イガールという黒い輪でとめて武装した。

理恵が書いてくれた地図を持って、アリは七時半にホテルを出た。三条通りから東山通りに入り、知恩院と逆方向へ白川沿いの道に出た。雨もよいの湿気が街に立ちこめ、川に映る店々の灯も淡くにじみ揺れている。巽橋という小橋を渡り狭い路地に入ると、橙の灯が軒下に並び、アリの胸は浮き浮きと華やいだ。誰かの本で目にした「路地行灯」とはこれのことか。

花見小路を四条で突っ切り、紅殻壁の「一力」を横に見て二筋目を東に入った。その南側の三軒目に、目的の茶屋バーがあった。表の窓と玄関の扉は目の細かい格子造り、扉の横に巣箱のような電飾があり、薄桃色の灯に墨の字が「夢兎」と読めた。

アリは「今晩は」といって扉を開け、一歩中へ入った。その所の土間はずっと奥へ続くようだが、藤色の暖簾がかかり、その奥は暗かった。玄関の間とその隣は明かり障子で仕切られ、そこに、中の賑わいを想わせる暖かな灯影が映っていた。

「今晩は」と声のボリュームを上げると、「はーい」と間延びした声がし、何秒かして暖簾と同じ色の着物をまとった女性が現れた。この人が牧のお母さんであろうか。自然らしい笑顔が牡丹の花がひらいたようで、これがシングルマザーかとアリは納得した気分になった。

「あのう、靴は脱ぐんですよね」

アリはもう片方を脱ぎかかっていた。

「ちょっとお待ちしとくれやす。誰そのご紹介どすか」

「寺川理恵さんにここを教わりました」

アリはパスポートがわりに理恵作製の地図を示した。和服の人はそれを見てくすっと笑い、「わたし、母親です。源氏名夢兎どす。どうぞよろしうに」と丁寧なお辞儀をした。アリは無事中へ通され、カウンター席の左端に腰を下ろした。一列六つの席がゆったりと取ってあり、カウンターの鉤の手にも一つ席があって先客がいた。

お母さんはアリの被り物にちょっと目をやり、「お飲み物は」とたずねた。アリが「僕、アルコールはこれです」と手でバツ印を作ると、「ほな、ジンジャーエールでもどうです」とすすめ、アリも「はい、それにします」と従った。

牧はまだ出勤してないようで、ここも接客に使うらしい隣の部屋も人影はなく、花柄の電気スタンドばかりが明るかった。

お母さんは飲物を持ってくると、右の方の二人組はホステスにまかせ、アリと先客との中間に立って二人の相手をした。といっても、アリとは「京都は初めてどすか」とそれに関連する事柄にとどまり、訪問の目的などに話題を拡大させなかった。

この店は、ベージュ色の壁紙やそれにそぐわしい間接照明など、ほんわかと暖かな感じがした。ただ土間側に置かれた白磁の大壺に、つややかな紅薔薇が溢れるほどに活けてあった。あれがこのまちにおける夢兎さんなのだろうか。

少しして新しい二人組が入ってきて、お母さんがそちらへ行くと左の客が話しかけてきた。

「アラブのお方ですか」

頬っぺたの垂れた赤ら顔にベレー帽をのせた、六十ぐらいの男である。アリが「そうです」と答えると、「その扇子、ちょっと見せてくれませんか」と意外なことを言い出した。二十分歩いてかいた汗がまだひかないので、花田にもらった扇子を使っていたのだ。アリがそれを差し出すと、相手は手にとって「この筆、先代の管長のものですわ。これは奇遇やな」と弾んだ声を出した。アリはあらためて相手を見た。側頭部は剃り上げられ、ベレーの中も同じようだと察せられた。

「失礼ですが、臨済宗の管長さんですか」

「そうです。生臭坊主でね、夢兎さんとは三十年来の友人ですわ。ところで日本語、達者ですな。京都で習得されましたのか」

「いや、まだまだ修業が足りません。舞妓さんの割しのぶを知りませんでしたからね」

「そら、知らんで当たり前や。この扇子をお持ちのところをみると、専攻は仏教学ですか」

「いいえ日本文学でした」

ちょうどそのとき、ホステスが水割りのおかわりを作りに管長の前に来た。牧と同じぐらいの年恰好で、管長を「おしょさん」と呼び、「ウイスキーと水、半々やね」と心安い口を利いた。「マリちゃん、鼻声やな」と管長がいうと、「夏風邪しつこうて、おしょさん、ええ薬ないやろか」と真顔でたずねた。管長は内緒で教えてやるとでもいうように手で壁を作り、そのくせ普通の声でいった。

「売薬はあかんで。早い話が蒲団の中でよう温まるこっちゃ。男前の猫を入れてな」

「わあ、おしょさんて、やらしいわあ」

マリちゃんは顔の半分を口にして笑った。

アリは猫の登場で、三島由紀夫の「金閣寺」にも出てくる「南泉斬猫《なんせんざんみょう》」の公案を思い出した。この逸話は自分には難解で、頭の隅に引っかかっていたのだ。この管長なら名答を示してくれるかもしれない。

「ひょんなことお聞きしますが、『金閣寺』はお読みになりましたか」

「ああ、三島由紀夫の小説やな。あれに寺の老師と芸妓が新京極をデートする場面が出てきよる。老師は帽子をかぶっていたのやが、あれはベレーではなかったはずや」

「文中、南泉斬猫の公案が出てきますよね」

「ああ、南泉山という山寺で仔猫の取り合いが起こったとき、名僧といわれる和尚がその猫を斬ってしまったという、あれやな」

「はい、それでその晩弟子の趙州という者にその一件を話すと、趙州は履いていたくつを脱いで頭にのせて出て行くんですね」

「そうや。それで和尚が、もしお前がいてくれたら猫の命は助かったろうに、というのや」

「管長さん、趙州のこのパフォーマンスで名僧がなぜこういう判断をしたのか、僕はいまだにわからないのです」

「私にもわからん。ただこうするのみや」

管長はやにわに頭のベレーを鷲掴みにし、後ろに放り投げた。つるつるの頭がアリの目前にさらされただけで、何の説明も加わらなかった。これがこの公案に対する管長の答えであろうか。それとも趙州の振舞には脱帽するほかないといいたかったのだろうか。アリは釈然としないものの、これが禅であるという気もした。アリは椅子を立ち、ベレーを拾って管長に捧げ渡した。管長は「おおきに」といってすぽっとそれをかぶった。

しばらくすると管長が、アリの気持ちを汲んだように、「牧ちゃんはまだか」と大声でたずねた。お母さんが「もうじきどす」と答えたのでアリはほっとしたが、無意識に体を揺すっていたらしい。それが隣に伝わったのか、「あなた、あの跳ねっ返りとお知り合いか」とたずねられ、「はいそうです。跳ねっ返りとは知りませんでしたが」と答えた。管長は愚痴っぽくこんなことをつぶやいた。

「京都仏教会に楯突こうなんて、跳ねっ返りもええとこや」

「そういえばあのひと、バック転やるから、そうかもしれませんね」

「それ何や。バクチの一種かいな」

「ちがいます。瞬間的に牧さんの顔がぱっと消えて、ぱっと現れるんです」

アリは、牧が演じた体の動きを順に説明し「正式には後方倒立回転跳びというらしいです」と、自分の最新知識を管長にも授けた。

「牧ちゃんのそれ、どこで見たのや」

「はあ……哲学の道です」

「たぶん夜やろう。あなたは日本一の果報者かも知れないな。あの子、六歳の六月六日から踊りを始めて天才児といわれたもんや。体が柔らこうて簡単にトンボ返りが出来たんや。それが中学に入ってぷっつり踊りをやめたから、以後牧ちゃんのトンボを見たものはいないのとちがうかな」

その牧が続きの間に現れた。瞬時にアリを発見し、「わあー」と声を上げ、感情を見せまいとするように両手を頰に当て、立ちすくんだ。手の上から小動物のおっかなびっくりの目が覗いていた。少しすると、牧はそろそろと動きだし、薔薇の壺の前まで来ると身を屈め、話しかけるようにして花の形を整えた。これは後ろで進行する事象だからアリもじっと見ているわけにいかなかった。すぐ後ろに牧がいると思うと背中に全神経が集まり、ややあって肩に軽く手を触れられたとき、アリは跳び上がりそうになった。

「アリシャールさん、ようこそおこしやす」

アリは「うん」といっただけで後ろを振り向かなかった。牧はアリの背中を離れると、流れるような身のこなしでカウンターに入り、客に会釈をしつつアリの前に来た。

「理恵が教えたんやね。ほんまにお節介焼きやから。そやけど、うち、うれしい」

牧は「うれしい」を、声を下げて早口にいった。しかし、管長に聞こえないわけがないから、照れ隠しのためか「おしょさん、今晩は」と元気よく挨拶した。対して管長は「最近耳が遠なってな」と返事をかえした。これで牧はうんと気持がほぐれたようだ。

その目から小動物が消え、べつのものが浮かんでいた。といってそれは昼間眼鏡のレンズをも通してみせた、あの知的な光ではなかった。花の色に染め付けられたのか、夢想的な、艶めいたものがふわふわと漂っているのだった。

濃い化粧のせいかもしれなかった。赤ワインのような口紅、厚く塗ったアイシャドウ、昼間は短めに自然らしくカットされていた髪が少女歌劇の男役みたいに黒々と濡れている。

それにしても、ホステスだからといってなぜこんなに変貌しなきゃいけないのか。いやそれより、牧のこの服装はどういうことだ。ドレスは短く胸から膝上までしかないし、体にぴったりして、肩からの吊り紐が不要と思えるほどだ。そのうえ胸ときたら、隠しているといっても二つの丘の谷がちらりと見え、全体を想像するのはしごく簡単だった。アリはふと弥勒菩薩の太腿を思い出し、牧もさぞやと目が行きそうになるのを、辛うじて我慢した。

これは明らかに露出過多であり、許しがたい所業といわねばならない。イスラムでは、女性の手首から先と顔以外は陰部とされ、ヴェールで覆うことが長く行われてきた。この標準からすると、牧は父や兄から死ぬほどの懲罰を受けても甘受せねばならないのだ。幸か不幸か牧には兄がいないらしいし、父親は不明だから難を免れることにはなるが。

アリは憤懣を抑えるために牧から目を離そうとした。しかし目をそむけたところで残像はのこるのだ。アリの怒りはますます高まり、牧にこれを爆発させるか黙って席を立つかの瀬戸際に追い込まれた。そのときアリはふと酒棚の隅に陶器の女人像があるのに気がついた。薄紫のヴェールと青いローブをまとった像で、祇園の酒場に置くにはいかにも場違いな感じがした。

「あれは何の像ですか。似た絵をフィレンツェで見たことがある」

アリが指さすと、牧は小さくうなずき、ちょっとはにかんだ表情になった。

「そうです。あの『受胎告知』を模したものです。これ、わたしのマスコットだったんです。処女懐胎に憧れていたから」

「しかし、あのマリアの目はキリストを身ごもって、かえって悲しそうだったですよ。まあ、それはどうでもいいんですが」

「何が問題なんです」

「マリアは顔と首の一部以外は全部布で覆っていた。そこがじつに清らかなんです」

「あっそうか」

牧は敏感に反応し、「わたしのこの恰好、お国ではいけないのやね」と、下げていた両手を胸のへんで交叉させ肩に置いた。そのポーズはアリにはかえって挑発的に映じた。

「今日の作業服、素敵でした。牧さんによく似合ってました」

「おおきに。けど、役所のロッカーに置いてきたから今夜着替えるのは無理よ」

「まあまあ、服装談義はそのぐらいにしてんか」とそれまで黙っていた管長が口を挟み、

「牧ちゃん、商売繁盛のあのカクテル、作ってんか」と注文した。

「はい、マネキネコですね。けどおしょさん、これ飲んで観光収入がもっと増えたらどうします」

「こっちの懐まで心配せんでもええ」

牧はシェーカーに何種類かの酒を入れると、ガラスの器具でグレープジュースを絞り、これと氷とを加えた。そして、慣れた手つきでシェーカーを握ると、左胸の前から斜め上に突き上げ、元の位置に戻す、今度は斜め下へ傾ける、といった動作を三度繰り返し、次に上への突き上げをほぼ垂直にした。これが正統な流儀なのかどうかアリにはわからないが、この動作は腋をさらけだしてあまりある、きわめて背徳性の強い所業であった。アリは二秒で目をつむったが、瞼いっぱいに、湿りをおびた軟体性のものが青白く光りながらひろがった。いくら利息が払えないといってもこの人にこんな真似をさせてよいのか。ともかく、シェーカーを、この人に握らせてはいけないのだ。アリがそう決心したとき「アリさんにも、お作りします」と牧が言い出し、「僕、酒は飲みません」とアリはあわててそれを断った。

「それやったら、わたしがアリさんの分、飲ませていただきます」

牧は昼間の知性に優美さを点じたような目になり、「ベドウィン・ザ・シーツ」とカクテルの名前らしいものを告げた。アリはそれを聞いて、ザ・シーツというのは砂漠の白い砂だとわかったが、酒を飲まないベドウィンがカクテルに登場するのが不思議だった。

ブランディがベースらしく、ほかに二種類の酒とレモンジュース、そしてシェーカーが振られ、またしても腋があらわになった。アラブにおいては開かずの扉であるその箇所を、アリは三秒も見ていた。それは月の夜の桃色の砂丘、甘い蜜のしたたる熟れた果実、汗を含んだ皮膚の酸っぱいにおい……。

「どうぞ、アリさん」

出来上がった作品を、牧は一応アリの前に置いた。それを見て管長は「それ、牧ちゃんの十八番カクテルや。ひと口だけ味わったらどうや」とアリにすすめた。

「これ、オリジナルではないのですか。砂漠のベドウィンという名の」

「ちがうちがう。ビトウィン・ザ・シーツ。この意味、わかるか？　シーツの間に二人が挟まってるわけや」

とたんにアリはさっきより頭がかっとして、グラスを牧の方に押しやった。これはちがう、絶対にちがうな。牧という女は列車のあのひとであるはずがないな。

アリが一人憤慨していると、右の方からこんな話が聞こえてきた。

「牧市長が二十歳のころ、バーテン見習いをしていてね。即興でカクテルを作るというんで、ようからかったもんや」

「どう、からこうたんや」

「こちらから注文を出すわけ。夏の夜は三度微笑む、を頼みまっさ、とかいうてな」

「それ、意味深やな。牧さん、ちゃんと作れたのか」

「マティニそっくりやったけどな。うまいなあ、それでは次に、あの晩の指のさすらいを、と頼んだ」

「それ、難しいな」

「やっぱりマティニに似とったな。牧さん、うまいとほめてもジョークをいうても、にこりともしなかったわ。お母はんに笑うな、よけいな口を利くなと釘を刺されてたらしいわ」

「青い果実の牧さんか。今でも即興で作ってくれるやろか」

「それは、お断りです」

会話を静聴していた牧本人が答え、「もうインチキ・カクテルはやりません」といいながらアリの前から横歩きに隣へ移動した。

「こっちも十八番、頼むわ」

「はい、かしこまりました」

牧がまたシェーカーを持つ成り行きになった。今度もそれは垂直に突き上げられるのであろうか。アリは気が気じゃなかった。

牧はシェーカーを水平にした姿勢で、アリの方をちらっと見た。その目はアリにごめんねといいながら、さあ行くわよといってるようにも見えた。そして十数秒後腕は突き上げられ、その奥のなだらかなくぼみが天井の照明の下に露わになった。白磁の器に一滴青を溶かしたような肌色と、それとはアンバランスの弾力性。

これは明らかに挑発であった。それも自分に対してではなく、右方の男に対してである。

牧がカクテルを作り終わると、アリは彼女に向かい、注文を出した。

「ラヴェルのボレロか、カルメンのハバネラをかけていただきたい」

この店はＢＧＭをかけない仕組みらしいが、アリの厳然とした声につられたのか、牧が

「ボレロならあります。少しお待ちやす」と返事した。

アリはまず頭の被り物を取り、準備にかかった。ズボンのベルトをゆるめジッパーを下げ、ワイシャツのボタンを上の二つだけを残してはずす。そうして胴巻の紐をほどいて取り出しそれを椅子の下に置いた。この一連の動作を公然とやったので、管長が「あなた、どこか具合が悪いのか」と怪訝な顔でたずねた。「いやそうじゃありません。ちょっと運動をしますのでご勘弁を」と答え、アリは指をぽきっといわせた。

我流のベリーダンスを踊ろうというのである。これは牧に対するしっぺ返しであり、やるかたなき憤懣のガス抜きでもある。と同時にアリは体の底から突き上げてくる血のマグマみたいなものに駆られていた。

そういえば、以前にも一度人前で踊ったことがあった。英国留学に出発する前夜、家族を前にして、ビデオで覚えたベリーダンスを踊ったのだった。エジプトやトルコとちがい、アリの育った土地は人前でへそを出すことを許さないし、男がこれを踊るなんて論外であった。

あのとき自分がなぜあんなことをしでかしたのか、今もってわからないが、石油で潤ったぬるま湯のような家に一撃見舞い、目を覚まさせたかったのかもしれない。結果は、三人の母親ときょうだいたちを笑い転げさせ、父と兄を怒らせ退室に追いやっただけであった。

あれからアリはベリーダンスの稽古をしていない。ただ、カナカ人のテキタワにフラの腰つきを習ったのでこれも採り入れて一曲を全うしよう。なにしろこのボレロは長くて単調だから大変だ。

アリは、ズボンのジッパーが下げたままになっているのに気がついた。これを上まであげ、フックははずしたままでベルトもゆるめておくことにした。これでズボンはちょうど腰骨のところで止まるから、あとはワイシャツをみぞおちの辺で丸結びにした。これで曲が終わるまで、へそは露出に耐えるであろう。

牧がCDとプレーヤーを持って戻ると、アリは「あちら使ってよろしいか」と断ってから続きの間に行き、スツールやテーブルを片寄せた。後姿のアリはズボンがずって、背中がだいぶ露出していた。そのくせズボンの裾はかかとの位置に来ており、牧はすぐに哲学の道を思い出した。アリはあのときのちぢんだズボンを穿いているのだ。

アリはスペースが空いた部屋の真ん中に、こちらを向いて正座をし、一礼してから口上を述べた。

「今から我流のベリーダンスを踊ります。これは、アメリカ大統領がパレスチナに不当な仕打ちをしたとき、面前でやってやろうと頭に描いていたものです」

牧は、この戦闘的な言い方を聞いて思わず首をすくめた。アリがあんなに鼻息が荒いのは自分が作業服を着てないせいやろか、それよりこんな難曲をちゃんと踊れるのかいな。そんなことが頭に去来してぼうっとしていると、怒声が発せられた。

「牧さん、音楽っ」

牧はあわててプレーヤーをオンにし、立ち上がったアリを注視した。足をやや広げ手をぴんと脇腹につけた直立の姿勢で、まずお腹の往復運動を行った。腹をぎゅっと背中につくほどにへこませ、完全に静止してからポンと破裂させるように前に突き出すのだ。次の動作も、またその次の動作も同じ繰り返しである。

「タン・タ・タ・タン・タン・タ　タン・タ・タ・タ・タン」

曲の単調なテンポに合わせ、この動作だけをやり、手も足も顔の筋肉も微動だにさせない。牧は初めアリが次の演技を忘れてしまったのかと思ったが、すぐにこれが演出だと気がついた。マーク・トウェンが自伝で書いていたが、講演で客を笑わせるコツは同じ文句を何度も繰り返すことであると。はたして母がくすくす笑いだし、次にマリちゃんがおおっぴらに笑いこけ、客もげらげらと笑い声を発した。

アリはこの単純な腹運動を一分ぐらい続けた後、ようやく次に移った。首を前後に水平に動かし、頭の上で壺か何かを持つように両手を上げて、舞台の隅から隅を往復する。

これがインド舞踊だとすれば次はリンボーダンスだった。膝から下以外をほとんど横にして歩行するだけだが、腹筋と背筋がこんなに発達した肉体を牧はこれまで見たことがなかった。牧は思わず感嘆の声を洩らしたが、一面、アリの精神状態が心配になった。この人は何のためにこんなハチャメチャな振舞をしているのだろう。これはパレスチナ問題には関係なく、自分ひとりに向けられているのではないか。

ようやくダンサーが客に正対して踊りはじめた。それはフラダンスらしいが、もっぱら摺り足を使うハワイの戦勝の踊りのようだった。けれど牧は足よりも、もっと上部に目が惹かれて仕様がなかった。黒いボタンのようなへその上下に、ひょろひょろともやし状のものが伸び、上はワイシャツの結び目で、下はズボンの上端で見えなくなった。あれはおそらく毛で、へそが黒く見えるのも毛が密集してるのではなかろうか。だとすると、あれらはジャックの豆の木のように一本につながっているわけなのか。

いつの間にか踊りはベリーダンス調になった。アリの動きは前後左右に激しくなり、観客の二人ぐらいから拍手さえ湧き起こった。いよいよフィナーレに近いのだろうが、ボレロという曲は金太郎飴みたいにメロディが同じだからまだまだ続くような気もする。

牧は胸をどきどきさせながら目下の問題を考え続けた。毛であるらしいあれらが一本のものとすると、その源はどこにあるのだろう。豆の木ならば根から伸びているのは自明の理であるのだが……。

突然のごとく曲が終わり、アリは起立の姿勢をとった。そして拍手の中一礼すると、シャツとズボンを正常に戻し、自分の席に来て椅子の下から白い紐を引っ張り上げた。

「あらアリさん、それ、胴巻き」

「勘定してください」

牧が母のところに行って伝えると、「あんた、あのお方から取れるんやったら取ってみよし」と返事された。

「アリさん、お酒飲んでへんさかい、要りませんて」

「そうですか、おおきに。ちょっとトイレ貸してください」

アリは胴巻きを提げてトイレに行き、それを腹におさめたらしく、手ぶらで戻ってきた。

牧は表までアリを送りに出た。

「わたしら、これからも会えるよね」

「牧さんが市役所の作業服のとき会いたい」

「この恰好、嫌なん？」

「人前でせんといてください」

「あなたも、人前でベリーダンスしんといてほしいわ」

「わかりました。ほな、さいなら」

「そうそう、月曜の一時から議会で一席ぶつから、聞きに来てくれへん」

「はい、行きます。牧さん、ほな、さいなら」

8　砂漠都市の幻

「夢兎」からホテルに戻り、ボレロの余韻を耳にしながら眠りに落ち、牧から薔薇の花束を贈呈される夢で、はっとして目が覚めた。そんなにベリーダンスがよかったのかと、寝覚めは非常に爽快だった。

ホテルのラウンジで紅茶とパンケーキの朝食を済ませると、花田に報告義務があるのを思い出し、電話をしようとしたら向こうからかかってきた。十一時に、例のとおり柳水堂で会うことにした。一休みした後祈りを済ませ、玄関まで来ると小雨が降っていた。アリは徒歩にするかどうか何秒か迷った末タクシーを選択し、途中から雨は本降りになった。朝の夢といい天気の予想といい一日の好運を約束しているようだが、昨夜もラッキーだったのだろうか。目をつむると、黒いドレスがぴっちりと白い肌に密着し、その境界線から青い酸っぱいにおいが漂ってくるようで、アリは思わず鼻をこすった。

柳水堂に着いたのは約束の十五分前で、談話室の左隅に、書類に顔を落としている男が一人いるだけだった。その男の頭はつるつるに剃り上げられ、目下毛をたくわえ中の花田でないことは明らかだった。

「やあ、おはようございます」

スキンヘッドの顔が上がり、あの丸い目がぱっとひらくのを見てアリはびっくりした。

「どうしたのです、その頭。また悪いことをしましたか」

「いやいや、やったるでえという心境になったのです」

花田はいいながら、ぱんと頭をはたいた。

アリは早速ショルダーバッグから書類袋を取り出した。

「四千万、弁護士に入ってもらいきちんと処理しました」

「ありがとう。その報告は後で結構です。それより今日お出で願ったのは、新規事業のことなんです」

「はあ、それで頭も真新しくしたんですね」

「アリさんと共同事業を起こしたいと考えましてね」

「まあ、そういわれればアラビア半島は有望かもしれませんよ」

「へえー、どう有望なんです」

「砂漠の赤い砂、見たことありますか」

「はあ、テレビではね」

「あれを蛸壺にするのです。原料はただみたいなもので、無尽蔵にあります」

「しかし、蛸はいるんですか」

「そりゃアラビア湾にもいるでしょう。ここの天然真珠は日本の養殖真珠に駆逐されましたが、蛸は駆逐されていないと思いますよ」

「しかし、いくら蛸が取れても、イスラムは食べるんですか。日本まで持ってくるんじゃコストがかかり過ぎます」

「富士山はどうでしょう」

「なに、富士山をどうかするのですか」

「花田さん、ドバイに、世界の国々の形を島にしたリゾートがあるのを知ってますか」

「へえー、そんなのがあるんですか」

「日本の形をした島をもっと作り、そこに小型富士山を建てるのです。ピラミッドみたいにね」

「観光客来るかなあ」

「白糸の滝も料亭も作り、京都から芸妓さんを派遣します。彼女たち、英語が喋れるから大繁盛しますよ」

「あのねアリさん、こっちは真剣なんです。命を懸けてるんです。これにはあなたも相応の出資をしていただかねばなりません」

「花田さん、自己資金は」

「残り四千万のうち、当座の生活費を除き、三千万ぐらいは注ぎ込みたいと」

「僕はいくら出せばいいんですか」

「少なくとも三倍ぐらいは……いや多ければ多いほど結構です。アリさんがオーナーになるのですよ」

「株式投資とかファンドに運用を任せるのはダメですよ。コーランは不労所得を禁じてますから」

「実際に事業を展開するのです。あなた、メタンハイドレートをご存じですか」

「それを燃やして新しいエネルギーとするんですね。大量に海底に存在しているようですね」

「それそれ、日本近海にもたくさん埋蔵されていましてね、そこで高知や愛媛の無人島を今のうちに買っておこうと思うのです」

「それ、不動産投資でしょう。時機を見て転売しようという」

「ちがいますよ。港湾を建設して発掘基地とするんです。島から海底トンネルを掘ることも視野に入れています」

「花田さん、それらは公益事業ですかね」

「はあ?」

「それ、公益事業なんですか」

アリは花田をぐっと見据え、その鼻の頭に嚙みつくような勢いで、一語一語を発した。

花田はとっさに顔をのけぞらせ、目をいっぱいにみひらいた。

「たしかに」と花田はぼそぼそした口調になった。「あなたに発掘を頼む際、そのような目的に使うつもりだといいました。服役中もそう考えていましたから、本気も本気でね。だけど、その考えが激変したんですわ。もうこの日本はそれに値する国でないことがはっきりわかったんです。救いようのないほど自分のことしか考えない国民であることがね」

「もしかして、身の上に何か起こったのですか」

「東日本大震災のがれきの受け入れを京都市民が拒否したと知ったのです。何と半分以上が反対したといいますよ」

「そのがれきというのは、汚染レベルの低いゴミのことなんですね」

「そのとおりです。放射線量が基準を超える指定廃棄物は国が処理しますからね」

「ほんとに京都市民が反対したのですか」

アリは信じられぬ思いで花田の顔を確かめた。花田は黙ってこっくりとうなずいた。先日アリはこの点に関し、気仙沼のがれき置場で現場の人の声を聞いた。こちらの能力ではとても処理しきれないといわれ、心配いらないでしょうと答えたことである。日本全部が協力すると簡単に楽観したのだった。

「アリさん、よくわかったでしょ。日本がどういう国かということが」

花田は説教口調でいい、小鼻をふくらませた。アリはむらむらと怒りがこみ上げてくるのを覚え、花田の得意顔にいっそう腹を立てた。こいつを何とかやりこめて翻意させてやりたい。

「それは僕みたいな外国人でも頭に来ますよ。ましてあなたは腸が煮えくり返るようでしょう」

アリはやんわりと花田を誘導し、「そりゃ、まあね」という答弁を引き出した。

「それなら、その怒りを持ち続けてもらいたいものです」

「そんなことして、何になります」

「日本人が自分の利益しか考えないといっても、あなたまで私益を追求したんじゃ、何のために怒ったかわからないでしょ」

「自分はもう一銭も公益なんぞに使う気はないからね」

「四千万じゃ新エネルギー事業は緒にもつきませんよ」

「アリさん、あなた、投資しないのですか」

「じつは僕、出すに出せないのです。この四年で父の遺産数十億を使い果たし、あと五百万ぐらいしか残っていないのです。これからはフリーのジャーナリストとしてその日暮らしをすることになります」

花田はまさかといいたげに顔を近づけ、眼窩の奥の微笑に気づいたらしく、ふうっと溜息をついた。

「あーあ、私はどうすればいいんだ」

「くどいようですが、最近まで八千万は公益に使おうと考えてたんですね」

「まあ、大ざっぱにいえばね」

「その第一の理由は、子供に顔向けが出来る父親でありたい、ということではありませんか」

「まあ、そういうことです」

「こないだの四千万は十分にお子さんに顔向けできますよ。二千万はお子さんに、あとの二千万は育英会に寄付しましたからね」

花田はとっさに何かいおうとした。たぶん、あとの二千万について抗議しようとしたのだろうが、それよりも子供のほうに気を取られたようだ。

「子供に行く金ですが、私から出たとわかりますのか」

「わかりません。僕があしながおじさんになったのです。十年後に仕送りが終わったとき、お子さんたちと対面することになります」

「すると、私の出る幕はないわけだ」

「十年後に、あなたが子供たちに顔向けできると自信を持ったら、僕にいってください。仲介の労をとります」

「弁護士さんは、あなたが金を出したと思っているんですか」

「横領事件のこと、洗いざらい話しました。彼女は残りの四千万に対しても並々ならぬ関心を寄せています。なかなか正義感の強い女性弁護士です」

アリはショルダーバッグから花田舞の作文を取り出した。

「アラブの金持ちの青年がこれを読んで、あしながおじさんになろうと決めた、という筋書にしてあります。僕はこの作文をアラブの少年少女のすべてが読むように運動を起こします。花田さんは、奥さんがあなたと離婚したにかかわらず子供を花田姓にしていること、お父さんのことはそのうち話すよ、いやその前に現れたらどうしようといってることを肝に銘じるべきです。彼女はあなたが更生することに一縷の望みを抱いているのです。僕は残り四千万をあなたがどうするかも含めて、あなたがこの十年間どう生きるかを見守る責任を感じています。この作文の作者はそれほど僕の心を打ちます。じつにけなげで健やかで、やわらかな感性に溢れている。あなたはこのような子を授かったことを神に感謝すべきです」

花田は原稿用紙四枚の作文を、手で涙を拭いながら三度読み返した。そして目をぎゅっと閉じて何かいおうとしたが、言葉より先に頭のてっぺんから出るような奇妙な音声を発した。それは嗚咽というにはあけっぴろげな、壊れたラッパのような音を部屋中に響かせた。少しして音声がやみ、花田が顔を上げた。水から上がったオットセイのように目をパチパチさせ、「アリさん、ありがとう」と礼をいった。

アリはホテルへの帰り道、花田の発言も頭にあって、あらためて東日本大震災に思いをめぐらせた。あれが起こったときアリは南アフリカ共和国にいて、中国の進出とそれに伴うスラムの形成状況を取材していたのだが、ニュースの画面を見てぶちのめされるような衝撃を受けた。人々が、船が、建物が巨大な波に一瞬で呑み込まれる光景に根底から思考力を奪われ、底なしの無力感に襲われた。そうして少し時が経ち現実的な物の見方が戻ってくると、初めて胸をえぐられるような傷みを感じるようになった。だがその傷みは所詮想像上のものだから、一刻も早く現地に行かねば何事もはじまらない（このときの自分には現地で取材することなど考えもしなかった）。アリは毎日毎日行くことを考え続け、いつでも出発できるよう渡航の準備を整えていた。だのにどうしても腰が上がらず、一日延ばしにするうちに時間が経過していった。

組織を持たない一アラブ人が日本で何が出来るかという現実問題、むしろ足手まといになるのではないかという懸念もさることながら、美しい三陸の風光を想うにつけ、あの言語に絶する悲惨を目の当たりにするのが怖かった、というのが真の理由である。

自分は臆病だ、卑怯だとたえず自責しながら過ごし、一年三か月後ようやく日本の土を踏んだというわけだ。

ホテルに戻ると、アリはまだ整理中の石巻・気仙沼行の原稿をトランクから出し、読みはじめた。

三度目、三年ぶりの日本である。東京のホテルに着きフロント係に東北被災地に行きたいのだが宿はとれるだろうかとたずねたところ、復旧関係の人で混み合っていると聞きましたがと、他人事のような口ぶりで答えられた。私は六年前の曾遊の地である石巻と気仙沼にしぼることにし、近くの旅行代理店に足を運んだ。ここで予約できないときでも現地へ行こう、そこで宿が取れないならば野宿でもいいと肚を決めていた。応対に出た、やわらかそうな頬をした丸眼鏡の婦人は、正当なことに、客を遠来のルポライターと見たらしく、方々連絡し、それぞれ一泊を確保してくれた。

翌日、新幹線、東北本線と乗り継ぎ、「小牛田」で石巻線に乗り換えた。この線は「女川」というところが終点であるが、震災で不通になり石巻の二つ先までしか行っていない。石巻は南に広闊《こうかつ》な湾を擁し、東に太平洋を切り取って牡鹿半島を連ねているが、女川はこの半島の付け根にある。

動力はディーゼル、二両連結のこの列車はまばらな乗客を乗せ、田園地帯をコトコトと走ってゆく。広やかな田には青い稲が真っ直ぐに伸び、周りの林や丘陵と映発し合い、緑のシンフォニーを奏でている。やがてしだいに人家が増え、商店の看板が目立ちはじめると間もなく石巻に着いた。駅舎の外に出ようとすると、二人連れが玄関の柱を覗き込んでいて、つられて自分も同じポーズをとった。そこには到達した津波の高さが印されており、一・二メートルぐらいあった。ただ、そういった痕跡はここだけであって、見渡したところ駅前の風景は、この国の地方都市のひな型を見るようであった。

私は駅にぶつかる大通りを羽黒山の方へ歩きだした。この山にしても地続きの日和山にしても丘ほどの高さしかないが、市中にでんと腰を据え、なだらかなその中腹にはたくさんの住宅が建っている。つまりこの二つの山は津波から多くの人命と財産を守ったわけだ。

道はすぐに山の下に達し旧北上川への道路と交叉している。私は、メインの商店街でもあるこの道路をゆっくりと歩いた。外観からはとくに被災の印象を受けるものはなく、ただ閑散としたそのたたずまいに地方都市の現状を再認識させられた。四百メートルほど行くと商店街はつき、交差点を右に折れると飲食店街で、何本かある路地も飲み屋が並んでいる。二階、三階建てが多く、だいたい躯体、外壁は残っているが、木造の骨組だけをさらしていたり、取り払われて整地されている所も散見され、被災したままにしてある建物を見ると一階は水没したかに見える。私は十分ほどこの歓楽街を歩き、川の堤防下の道に出て海の方に向かった。対岸にUFOを思わせる巨大な構造物があり（石ノ森萬画館なるものらしい）、遠目にはここは無事だったように見えるが、こちら岸は根こそぎやられたのか、雑草の中に鉄筋ビルがわずかに残るばかりである。

私はその道から、日和山を回り込むように山の南側に歩を進めた。視野が急に明るくなり、展望が先へ先へとひろがった。目を細めれば遠くまで整地された新開地とも見えるが、コンクリートの土台、アスファルトの破片、車の残骸、庭植えであったらしい花々などが多くのことを語っていた。目を南に転ずると、左の海際に六階建てぐらいの頑丈そうな建物があり、一見現在も使われているように見えた。通りがかりの人に聞くと、あれは市民病院で中が壊滅状態なので解体されるのだと教えてくれた。後ろに向き直り少し歩くと墓地があり、墓石や、お地蔵さんと呼ばれている童顔をした石仏が倒れたり傾いたりしていた。ここは寺の境内であるらしく、その本堂が山を背にして蒼然とたたずみ、しーんとして人気が無かった。

私は傍らに石段があるのを見つけ、二百段ぐらい上がると頂上の日和山公園に着いた。

今日は午後からよく晴れて、広やかな湾は群青のシーツの上に純白の波をすべらせ、左の牡鹿半島は人の棲まぬ地であるような至純の緑を輝かせていた。六年前と同じその美しい眺めは眼下の陸地の変わりようによって私の脳天に重い一撃を与えた。あの時、初夏の陽に光っていた人家の屋根や校庭を走る子供たちの声、遠い煙突群から立ちのぼる煙など、すべては無に帰し、廃墟同然の姿に変わり果てたのだ。南の湾からこの日和山めがけて、膨大なエネルギーを孕んだ水がひた押しに押し寄せてきたのだ。たぶん、ここもかつては人の手の入らぬ原野か海面であったのを、人は営々として生活の基盤を築き、未来を信じて過ごしてきたのだろうに。

私はふと考えた。自分たちのあの半島は百年も経たぬ前、ほとんどが遊牧民であった。それが今ではどうだ。高層ビルは林立し、つぎつぎと人工島まで造成されている。それは地下千メートルから水を、二千メートルから石油を汲み上げてもたらされたものだ。幸か不幸かわが半島に巨大津波は来ないだろうし、砂嵐にも摂氏五十度の酷熱にもこれらの構造物は耐え得るだろう。しかし、それほど遠くない将来資源が枯渇したとき(石油は七十年後といわれている)、半島の都市は近代都市の外観のまま廃墟と化すのではないか。私は、天然資源という神からの賜物をごく一部で独占し、永遠の繁栄が続くかのようにはしゃいでいる半島の有様が懸念されて仕方がなかった。

私は眼下の壊滅ぶりばかりに気をとられていたが、一応道路は整理され、目立つほどのがれきの山は見当たらなかった。さらに注意して視線をめぐらすと、左手の河口の対岸に土を盛ったような円錐形がならんでいるのに気がついた。近くにいた観光ガイドらしい人に「あれ、がれきですか」と聞くと、「そうです」と答え、「あっちを見てご覧なさい」と右の方を指さした。ここから一キロか、もっと離れた海沿いに焼却炉らしい工作物が見え、一本の煙突から煙が出ていた。その人はさらに「がれきには色んなものが混ざっていますから、仕分けをしたうえ放射能検査をし、燃えるゴミだけ焼却するのです」と説明してくれた。「あそこで全部処理するのですか」とたずねると、「石巻だけで七百万トンぐらい出ます。五基が稼動する予定になってますが、他の自治体に助けてもらわねばなりません」と、私のような部外者に頭を下げた。

夜、昼間も通った飲み屋街に出かけた。前に来たとき、学友と二人で三軒をはしごし、自分は天然水を飲みながらカラオケを歌って歓を尽くした場所である。そのおよその外観は、ネオンの点滅が胸をわくわくさせるところなど、前と変わりがないが、人影はほとんど無く、様子を見ようとした三軒のうち二軒は戸が閉まり、一軒は老女が化粧中だった。私は早々に宿へ引き返した。

翌朝私は、一番気がかりで行くのがとても辛かった大川小学校へ、勇を鼓して足を運んだ。ここは生徒百八人中七十名が死亡し四名がいまだ行方不明であるという、神を呪いたくなるような悲劇が起こった場所だからだ。実際私はこの場所に立って、悲しみと怒りが激しくぶつかり合って胸が決壊するのではと思うほど揺さぶられた。私はすぐさまこの感情を文字にするのは至難であると悟り、メモもとらずこの地を後にした。だから、いずれ書くとしても、ここでは触れないでおく。

気仙沼に行くため石巻駅に戻り、列車を十五分ほど乗って(この車中で一人の女性に強い印象を受けたが、この記録に記すべきことではない)、「前谷地」で乗り換え、二十五分乗って「柳津」に着く。ここから気仙沼まで列車だと約一時間半の道程だが現在は不通で代行バスが走っている。バスの乗客は私も入れて三人だけだった。山間の道を二十分ほど行くと、広やかな湾を持つ、三方を丘陵に囲まれた平地に出た。ここはひっそりと長閑に暮らすには理想的な所と思われたが、建物としては病院らしいのが残っているだけだった。

前の席のおばさんに「ここは南三陸町ですか」と聞くと、「そうよ、元は志津川町といったの」と答え、「あれをご覧」と三階建ての鉄骨だけが残った所を指さした。「あれは町の防災対策庁舎でね」と教え、二階にいた防災無線担当の娘さんが避難を呼びかけ続けたこと、職員は屋上に逃げたが生存者の中に彼女はおらず、一月ほど経って志津川湾で遺体が見つかったこと、九月に専門学校で知り合った男性と挙式の予定だったことなどを語ってくれた。

ここからバスは海沿いを走る。緑の崖と青い海と白い砂浜。リアス式海岸の、色と形が絶え間なく変化する素晴らしいスペクタクル。私はかつてここを列車で旅し、一人乗りの漁船が避難の舫いをするような小さな浜を見つけては、あそこにテントを張りたいと思ったものだ。今、鉄道のレールは寸断され、鉄橋は河原に残骸をさらし、所々の入江は突堤が崩れ、漁船の影は数えるほどで、人の住んでる気配もなかった。

私はがれきのことが気になったので、バスの休憩時運転手に、処理場を通るかたずねたら、陸前階上《はしかみ》で降りるようすすめられた。そこは気仙沼湾のとば口に当たるそうで、いわれたとおり私はそこで降り、海に向かって歩いた。ここの道路は周りの農地よりだいぶ高い一本道で両側は人家がならび、たえずダンプが行き交った。庭で植木の手入れをしているおじさんに聞くと、この辺も床上まで水が来た、田んぼは塩を含んで今のところ使えないということだった。七、八分歩き禅宗の寺にぶつかると道は右へと折れる。これは仮設の道路のようで、三百メートルほど先にがれき置き場らしい堆積物が見えた。足をとめて見ると、海へは直線距離で四、五百メートルぐらい、大部分が農地だったのか、赤っぽいがらんとした土地が海までひろがっていた。

私は右への道をまた歩きだし、高さ十メートルぐらいの小山の前まで来た。小山はそこからいくつも連なっていて、黒褐色をしたその堆積は固形物も生ゴミも含んでいるように見えた。道端に立ち、小山の上の重機の作業を見ている人がおり、作業服と半長靴の恰好を見て、いくつか質問することにした。その人は私をただの野次馬とは見なかったらしく、ぶっきらぼうながら次のことを教えてくれた。

気仙沼のがれき仮置場はこの辺ともう一箇所ある。海の方に白い建物が見えるだろう、あれは県立高校で、あのグランドも使われている。まず市内の集積場からがれきを運んで来て、コンクリートや金属、プラスチック、燃えるゴミに仕分けする。焼却できる物は放射線量を測定するが、ここのゴミは基準値よりはるかに低い。あちらに白い袋がならんでいるだろう。あれはプラスチックごみを入れたものだ。二つの仮置き場に設置される焼却炉は十月ごろから稼動が可能になると思う。

「あの高校は海に面していますが、生徒は無事だったんですか」

「学校にいた生徒は全員無事だったと聞いている。今、市内の別の高校の校舎を借りているそうだ」

「気仙沼のがれきは地元で処理できるのですか」

「それはとうてい無理だと思う」

ありがとうございましたと私が辞去しようとすると初めて笑顔を見せ、作業服の胸ポケットから煙草とライターを出し、あんたもどうだねという顔をした。私は手を振って厚意を辞し、もう一度礼をいった。

ふたたびバスに乗って十分ぐらい、「南気仙沼」の停留所で降り、市街に向かった。五百メートルほどの間は道路も建物も被災したとは思えない、普通の地方都市の街並だった。しかし、長さ二百メートルほどの気仙沼大橋を渡ると景色は一変した。それはスクリーンの幕が閉じて一瞬後にまた開き、全く別の映像を見せられたようだった。左方の高台は別として、平地という平地は一望、何も存在しない荒蕪地といってよかった。コンクリートの土台と雑草の広がりの中で、外壁の残ったビルと鉄骨の遺骸だけがわずかに点在しているのだ。ここの湾は湾口が二キロ、奥行きが八キロの地形だから、津波は高さを増しつつ加速し、奔流となって市街を呑み込んだのだろう。漁港の方へ歩いて行くと、大通りの脇に、遠洋漁業の大きな船が倒れもせずに打ち上げられていた。船は波に持ち上げられたまま運ばれ、立った状態で着地したらしい。

私は津波のすさまじさをまざまざと実感し、同時にこの船がもう残骸でしかないことに思い至った。するとまたしてもわが半島のビル群が瞼に浮かんだ。七十年後の、人住まぬ廃墟となったビル群が。


アリは記録を閉じ、瞼から廃墟のイメージが消えるのを待った。しかしすぐに、そこに重なるように仮置き場が映しだされ、こんな想いが脳裏に浮かんだ。

京都市は本当にがれきの受け入れを拒んだのだろうか。

アリは、それは何かの間違いだろうと思いたかった。人に対する思いやりと高貴な精神。それが日本人の美質ではなかったろうか。

9　石巻発十時五十一分

市長に就任して二月半、震災がれきの受け入れを提案できぬまま時間が経過した。がれきは時々刻々集積され、もはや処理の懈怠は許されない。よーし、ともかく行動だと次の月曜を表明の期日としたのだが、これを知っているのは牧一人である。表向きの議題は庁舎建て替えの件だからひと騒動起こりそうだし、議会や市民を賛成に導く名案があるわけでもない。牧は演説の草案を考えるうち、しだいに弱気になり孤立無援の自分を感じた。ただアリが傍聴に来てくれるなら、少々上がるかもしれないけれど、失敗しても笑いはしないだろう。むしろ失敗したわたしをいつくしんでくれるかもしれない。そう思うと牧は心が落ち着いた。

ばたばたしているうちに当日が来た。本会議場に出る場合、牧は議員らの身なりに合わせスーツを着ることにしている。けれど今日はアリのいう作業服を着用し、化粧はごく薄めにとどめ、万一涙が出る場合を考えてコンタクトをやめて眼鏡にした。髪は昨日美容院に行き、若く見せようと耳の下でカットしてもらった。はたして意図したとおりの効果が生まれたかどうか、牧にはわからない。

牧は議場に入ると二階の傍聴席に目をやり、正面の一番前にアリがいるのを見つけた。牧の胸は安堵と照れくささで熱くなった。午後一時議長の指名で登壇した牧はまず顔を上げてアリの方を見やり、わたしのこと守ってねと胸のうちで話しかけた。その間視線をそらさないでいると、アリが右手をさっと額につけ軍隊式敬礼をした。牧は話しだした。

「近い将来京都に大地震が起こるかもしれぬと或る地震学者は予測されています。仮にもしそうなったら、たくさんの命、財物が失われインフラはストップし、この町はがれきの山と化すでしょう。けれども私たちはまことに微力です。がれき一つをとっても自分たちで処理するのが不可能なこと、ご承知のとおりであります。さて、どうすればいいのですか。地震の及ばなかった北海道や沖縄へ逃げ出すのですか。それともがれきに埋まって暮らしますか。私はそのどちらも、ようしません。もしそのとき市長だったら私はこう叫びます。助けてー、私たちを助けてー、と声を大にしてね」

牧はこの「助けてー」を、実際にその思いをこめて発声した。これで、それまでざわめいていた議場が静かになった。

「さてこの庁舎ですが、わが国の公立の建物の中で地震に対する危険度は一番ともいわれております。さらに地震学者によると、地震はある程度予測可能であるが予知は出来ないのだそうです。つまり、いつ起きるのか知れないのだからこれに対処するには早急に建て替えねばならないことになります。それはそうなのですが、地震は今日起こらないかもしれません。明日も、そしてひと月後にもね。これに対し、今、まさに今、私たちは火急の問題に直面しているのです。これは一刻一秒を争うので、庁舎の件はしばらく留保しておくのが相当であると、私は考えます」

牧はここでひと呼吸おき、議場を見渡してから、続けた。

「東日本大震災のがれきの件について、この受け入れをあらためて提案したいと思うのですが、議長、発言をお許しください」

議長は予想したとおり「その点は議題になっておりません」と申出を却下し、一人の議員が「同じ問題を蒸し返すな」と怒声を発しながら立ち上がった。受け入れ反対の急先鋒である橋詰議員である。牧は構わず話を続けた。

「議長も議員の方々も一市民として傍聴席に座っているつもりで聞いてください。それから橋詰議員、あなたの反対意見はよく承知しておりますし、この場で議論してもいいと思っております。いうまでもなく民主主義の要諦は、人の話をよく聞くことであります。しかし、それでもなお民主主義は性急な、相当でない判断をくだすことがあります。人間は自分のことが一番大事な動物でありますからそうなるのもやむを得ませんが、一方において優しい感受性を持っているではありませんか。だから自分の意見を撤回したり修正したりして柔軟な行動も取れるのです。これこそ民主主義の美点であると思います」

橋詰議員は自席に立ってもじもじしていたが結局座り直した。これがよい効果を生んだのか退席する議員は出てこなかった。

「さて思いますのに、この地球上に百パーセント安全なものはどこにもありはしません。人類の営みは常に何かに脅かされ試練を与え続けられてきたのです。私たちはそんな宿命の中で危険を避けるべく知恵をしぼってきましたが、人知には限界があります。そのことをはっきりと突きつけられたのが三・一一の大震災であります。つまり私たち人間は、せいぜいほぼ安全なものしか作り出しえないのであり、ほぼ安全で足りることで生きてきたのです。皆さん、よく聞いてください。今受け入れの対象となっているがれきは、ほぼ安全なんですよ。反対の人々は放射能による汚染を挙げていますが線量は問題にならないぐらい低いのです。かつて、核実験が無秩序に行われた米ソ冷戦時代、わが国の放射能レベルははるかに高かったといわれています。

　しかし厳密にいえば、がれきは百パーセント安全とはいえないかもしれません。仮にいくらかの危険がひそむと仮定した場合、その処理はどうするのですか。お前らのところで起こったことだからお前らで処理すればいい、こっちの知ったことじゃないと口を拭うのですか。

　いいえ、そんなこと、出来るはずがありません。この三月沖縄の恩納村議会は全員一致でがれきの受け入れを決議しました。第二次大戦では砲火に蹂躙され、戦後もずっと苦難の道を歩んできた沖縄の人たちです。この人々は生きるために、生き抜くために、その痛みを隣人と分かち合ってきたのです。痛みを知るがゆえに被災地の人々を放ってはおけないのです」

　牧はにわかに胸が熱くなり、言葉が喉につっかえそうになった。とっさに手を口にやり咳をする振りをし、ちらっとアリを見た。アリは指で円を作り、バッチリやのサインを出してくれた。牧は力が湧いてきた。

「皆さん、出来れば被災地に行ってがれきの現状を見てほしいのです。燃えるゴミは悪臭を放ち、蠅が群がり、自然発火してぶすぶすくすぶっております。これは生理的苦痛ばかりか、心理的にはもっと深刻な影響をもたらしております。愛する家族、友人、住居、仕事の場、美しい風光。それらを一瞬にして失くした人々の喪失感とトラウマ。これらの人々にとって、がれきが傍にあることは耐え難い苦痛なのです。そこに、それがあると、絶えずマグニチュード9の揺れを感じ、大津波が襲いかかってくるのです。そうです、がれきがある限り、この幻影はいつまでも続くのです。

　私は市長になって三度現地を訪れました。自治体の長だけでなく、なるだけ多くの被災者に会うようにし、その中には私が京都市長だと気づいた人もおりました。私はこの人たちに市の決定を詫び、自分が必ず受け入れを実現しますと約束してみせたかった。けれどそんな無責任は許されませんので、ただひたすら現地の声を聞くことに徹しました。たぶん何百人かの話を聞いたと思いますが、これだけは皆さんにいっておきたい。彼らのうちで京都を詰ったり、京都はどうなってるのなどと嫌味をいう人はたった一人もいなかったということを。人々はみな、あの悲惨の極にあって、給水の順番を黙々と待っていた、あそれだけに私は、それだけに私は、何とかして、私は……」

市長になったとき、議場では泣くまいと決心した牧であったが、抑えきれなかった。目から涙が溢れ、それをこらえようとすると鼻からも流れ落ちた。議場はしーんと静まりかえり、次に市長がどうするか注視しているようだった。とっさに牧は右手を軽く挙げ、ちょっと待ってくださいのポーズをとった。それから作業服のポケットからハンカチを出し眼鏡をはずして演台にのせ、片方ずつゆっくりと目を拭い、眼鏡の濡れも取った。それで涙の処理が済んだと思ったらまだ鼻が残っていた。牧は思いきって洟もかみ、ハンカチをたたんでポケットに入れてから話しだした。

「皆さん、私たちはあの地から、たくさんのものを得ております。美味しいお米、サンマ、ホタテ、カキ、ズンダモチ、そしてこの目には美しいリアス式海岸などもね。電力だってそうでしょ。首都圏に大勢いる私たちの家族や友人は福島から送られる電気の下で仕事をし勉強をしていたのですよ。

皆さん、あちらからわが市へ、年にどれだけの人が観光に、あるいは修学旅行に来てくれるか知っているのですか。

私たちとあちらの人たちは赤の他人なんですか。異邦人同士なのですか。そうじゃないでしょう。私たちはみんな、血を分けたも同然のはらからなんじゃないのですか。

陸前高田にログハウスの図書館を作った北海道の人たち、がれきの受け入れを全員一致で決めた恩納村の人たち、みんなみんな、はらからじゃないのですか。

さあ立ち上がりましょう。明日といわず今すぐに。みんなで心を合わせ力を合わせ、京都人の心意気を示しましょう」

牧は話し終わった。深く頭を下げたあと、おもむろに顔を上げて二階正面を見ると、立ち上がったアリが手をいっぱいにひろげ頭の上で拍手をしていた。まるで大鷲がはばたくようなそのスケールは、いつもの倍ぐらい強い議場の拍手とさえ拮抗しているように見えた。

牧は引き続き記者会見に臨んだ。今の表明で受け入れが現実味を帯びてきたと判断したのか、記者の質問は現有施設で処理が可能かという点に集中した。牧はこれについて、市民の良識に信を置く楽観論を述べた。いま日本では年に五百万トンを超す食料が食べられる状態で捨てられており、京都においても台所ゴミの四十パーセント近くが食べ残されている。これは、世界の十五パーセントが飢餓に瀕している事態に照らすと、まさに犯罪的である。自分はこの事実を周知徹底するよう努めるがマスコミも協力していただきたい。がれき受け入れの問題は行政に一切がまかされているのではなく、市民一人ひとりに何が出来るかを問われているのだ。市民が実情を理解すれば必ず協力してくれると自分は確信している。スーパーやコンビニにも相応の責任を課し、市民にもせめて食べ残しを半分減らすよう求めたい。

アリは全身がしびれるほどの感動を覚え、気がついたら涙が溢れ落ちていた。これはアラビア湾の落日を見たとき以来、二度目の出来事だった。

アリは今こそ自分の目を確信した。あの列車の人こそ寺川牧であったのだと。

——あのとき自分は気仙沼へ行くため「前谷地」で乗り換え、彼女とは十五分足らずの出会いであったが、ずっと目を離すことが出来なかった。やや斜め外に向けた顔は陽を受けた額がけぶるように光り、ほっそりした頬からあごの線が少女のように初々しかった。

その表情は一見何かを夢想しているように思わせたが、目を一点に注ぎ思案に沈んでいるようでもあった。十五分の間その顔は彫像のように動かず、ただ何度か重たげなまばたきをしたのが、動きといえば唯一の動きであった。

あのとき、ひょっとすると彼女の目は遠く北上川の河口を見ていたのではないか。じっとじっと、彼女はそこから目を離すことが出来なかったのではないか。

というのは自分もあの朝そこを訪れ、つよい去りがての気持ちを抱いたからだった。

そこは、河口から五キロの石巻市立大川小学校。生徒の七割が津波に呑み込まれたという、震災の中でも最も悲しい出来事が起こった場所である。アリはその悲惨さを思うと、朝ホテルを出るときもためらいがあり、たまたま駅前で言葉を交わした青年に「ぜひ行ってやってください」といわれやっと意を決したのであった。

石巻駅から車で三十分と教えられ、アリはタクシーで行くことにし、近くで花を買った。それを持ってタクシーに乗り込み行き先を告げると、「わたしも被災者です。家族は助かりましたが家を流されました」と運転手は悪びれることもなくいい、淡々と津波来襲の状況を話してくれた。

やがて車は北上川の堤へと入った。川のどちらの岸も明るい草地である。見はるかす若草の野がひろがり、ところどころ緑の濃い大木が立っている。川向こうの人里は低い山なみが起伏し、緑の衣の裾を長く曳いている。川はたっぷりと水を湛え、艪で漕ぐようなしじみ取りの船をいく艘か浮かべ、悠々と流れている。空はあくまでも広く、水は光に満ちている。

アリはふと、もし自分が砂漠の民でなかったらと考えた。自然と田園がほどよく調和し、ゆたかな人情を想わせるこの地において、一日空ゆく雲を眺めて暮らすだろうと。

少し行くと、そんな夢想はむざんにも破られた。川の中ほどに巨大なオブジェ様のものが突き刺さっていた。「あれはあちらの橋の一部です。津波で真ん中が切断され、今は仮設になってます」と前方の橋を指し示した。

もうそこから大川小学校は何ほどもなかった。橋の脇の堤防の下、川音が聞こえるほどの範囲に小さな集落があり、この集落と二方を山林に囲まれて学校の敷地がある。だがこの集落はあらかた流失し、小学校の校舎もかなり損傷を受け、体育館への渡り廊下は崩落していた。ただコンクリートの建物の骨格は残存し、職員室らしい円形の建物の後ろに、それを囲むように曲線を描く校舎があり、メルヘンの趣を呈していた。

アリは正面の表にしつらえられた慰霊碑に花を供え、日本式に祈ったあと運動場へ足を運んだ。そこは大人の野球場に使えるほど広く、杉の林を外野席と考えると、いくら大きい当たりを打っても場外ホーマーにはならないわけだ。アリは目をつぶり、大きく息を吸いこんだ。そのまましばらく佇んでいると、まるで広やかな草原にいるようで、瞼のうちを風が光りながら通り過ぎた。

ここは子供たちにとって理想郷ではなかったか。いまにもアリの耳に、そよ風を伴奏に、子供たちの笑い声、歓声、元気な歌声が聞こえてくるように思われた。

ああ神は、わが砂漠とは対照的な、このような優しい土地を与えておきながら、なぜ、あんな悲劇を起こされるのか、あんな途方もないむごいやり方で――。

アリは市長室の前で牧を待ちながらそんなことを思い返し、一つの決意を固めた。しばらくして廊下の奥に牧が現れ、その姿が見る見る大きくなった。歩行としては最高のスピードを出し、ぶつかる直前急停止した。

「アリさん、おおきに。わたし、ベリー・ハッピーや。さあ入って」

牧が早口にいうのを、アリがからかうような悠長な口調で応じた。

「僕、ここでいいんです。それより一つ、質問があるんやけど」

「なんやの、質問って」

「六月の第一火曜日、石巻発十時五十一分小牛田行きに乗っていませんでした？」

「えっ、石巻？　えーっと、……そう、その朝や。わたし、乗ってたよ、乗ってました」

「ひやー、僕も乗ってたんや。僕もベリー・ハッピーや。がれきのこと、出来るだけ援護射撃するからね。ほな、さいなら」

アリは、市長との三十秒の面談を済ませると、一階ホールで花田に公衆電話をかけた。まず車の運転についてたずね、ペーパードライバーだと答えたので、あちらで一緒だった京都の友達はどうかと重ねてたずねた。何か頼みごとがあるのかというので、運転が出来て肉体労働をいとわず、直近で時間が取れる人が必要なんですと答えると、ともかく連絡を取ってみる、六時に柳水堂に来てくれと、いやに張り切った声で段取りを決めた。

その男、力丸健児はいかにもアリの用向きにふさわしい外見を持って現れた。背は一七〇センチぐらいだが肩幅広く胸板も厚そうで、角刈りの頭が二重の涼しそうな目によく似合っていた。

「この男のことは、法務省管轄の運動場を逆立ちで何周も出来ることと酒癖がよくないことしか知らんので、本人に自己紹介させます」

花田は偉そうにいい、早くやれとあごをしゃくった。

「年齢三十一歳、独身、前科一犯。家は大原の近くの静原で、元は農業と林業をやっていました」

力丸はそう前置きしてから、高校大学とレスリングをやっていたが二年の夏合宿の打ち上げで女子大のグループと合コンみたいになり、中の一人と腕相撲をした。酒を賭けて何回もやるうちにその子はすごく強くなった。それで自分はこの子のコーチになった気になり、彼女を肩車して店の外を凱旋行進した。彼女はワアワアキャアキャアと大はしゃぎで足までばたばたさせた。ちょうど先斗町四条の交番まで来たとき、彼女は感極まって泣き出し、それが警官に勘違いされて女を降ろせといわれた。それどころか交番の中へ入れられ取調べを受けた。「お巡りさん、僕は何の容疑ですか」とたずねてもすぐに答えてくれず、本部に照会してから「監禁罪だ」と教えられた。「すると自分はあの子を肩の上に監禁したのですか」と聞き返したが「素直に認めないと何泊もすることになるぞ」と脅され「はい、あの子を監禁しました」と自白してしまった。これを機に自分は大学をやめて建設会社に就職し、七年後二十八で独立し、社員を二人雇いゼネコンの孫請けをして、まあ順調に来ていたところで事件を起こした次第。一年前出所してからは建設現場の臨時作業と近所の植木屋の手伝いをして、謹慎の毎日を送っている。

力丸は淡々とした口調で話し、「以上ですが、何か急な仕事ですか」とアリに質問した。

「はい急ぎます。東北の震災がれきをこちらに運びたいのです」

「へえー、がれきをですか。そういうことなら、俺、都合をつけます」

「ちょっと待った、アリさん」

花田が訝しげな顔で口を挟んだ。

「がれきは個人がタッチすべきことじゃないでしょう」

「それはわかってますが、僕に考えがあります。いずれ話しますが、これは公益にも私益にもなるから、花田さんも参画されたらいいと思います」

「そやけど、がれきを持ってくるとなると収集車が必要ですね」

力丸がもっともな質問をした。

「いずれそうなりますが、一度目はレンタルのワゴン車でいいのです。それと病院で使ってるような大きなポリバケツが二つ必要です」

「いつ、出かけるのですか」

「あさってです。一泊の予定で、出来れば朝九時には出発したい。力丸さん、明日、車やバケツを用意できますか」

「俺、やります」

「それじゃ」とアリは準備費用として十万円を力丸に渡し、「あなたの日当はいくらお払いしましょうか」とたずねた。するとまた花田が「それは後で、アリさんに連絡しますわ」と口を挟んだ。本人の口から言い出しにくいと判断したのだろう。

さて、がれきの処理は、花田の懸念するとおり、行政の管掌事項だから現場の作業員がすんなり引き渡すとは考えられない。とはいえ、初回は少量であるし、熱意と押しで相手が動かされないとも限らない。出来れば現場主任に話を通せる取っ掛かりでもあればなあとアリは考え、ふと観音像が瞼に浮かんだ。そうだ、あれのある海音寺は仮置場に近く、作業員なども境内で休憩を取ったりするだろう。話が行き詰ったときはあの寺の住職に頼み説得してもらおうではないか。さいわい、あそこは臨済宗で鹿鳴寺と同じ宗派だからこちらの遠山住職に頼んでみよう。

翌日の午前アリは、住職が農作業をする頃を見計らい鹿鳴寺を訪れた。応対に出た雲水は、「住職に相談が」とアリにいわれ、通すべきかどうか戸惑いを見せた。その隙にアリは

「失礼」と一喝に近い声を出し、畑へと侵入した。

住職は鍬の上に手を休め、作務としては何もしていなかった。とはいえ、ここでも私語は許されないからごく手短に話さねばならない。

「住職、寺川市長の決意表明、お読みになりましたか」

「ああ、震災がれきの、あれな」

「僕、現地に行ってがれきをもらってきますので、住職、この男をよろしくと名刺に紹介状を書いてください」

アリは仮置場と海音寺が近接していることを説明し、住職の口添えがあればスムーズに運びますと、断定的な口調で述べた。住職は鍬の上の手をそのままに顔を空に向け、数十秒も黙っていた。空一面を覆う鉛色の雲が高度を下げて重く圧してくるようだった。

「アラブの一青年ががれきを京都に持ち込んでどうするのや」

住職は叱りつけるようにいい、それでアリに対する用事が済んだというように、畝を跨いで移動した。

「無事持って来られたら一番に相談に参ります。そのときは決断をお願いすることになりましょう」

決断という言葉に決死的ひびきを含ませたお蔭で住職の足が庫裡に向いた。十分後アリに渡された海音寺住職宛の名刺には「畏友アリシャール君です。最大限のご協力お願い申し上げます」と認められていた。

ホテルに戻ると、花田が電話で、「力丸、準備完了だそうです、それから彼の日当は一万円にしてください」といってきた。「それでは安過ぎるのでは」というと、「本人はボランティアでやりたいというのを説得したんです。刑務所のことを思えば一万円でも、貰い過ぎですわ」と偉そうな口を利いた。

10　一杯の水を分かち合うこと

イスラム教の義務の一つ、断食月《ラマダン》が今年は七月二〇日から始まる。一か月間日の出から日没まで、いっさいの飲物、食物を口にしてはならない決まりであるが、旅人などはそれを後回しにしてもよいことになっている。去年アリはベネズエラへの取材行で一週間行えなかったので、埋め合わせのラマダンを昨日から始めている。今日から二日間東北へ出かけるから、なかなか厄介なことではある。ただ、このような寛大な特例があることだから、よほど切羽詰ったときは喉の渇きを癒しても罰は当たらないだろう。アッラーの神は、天国でくださるオレンジを、一個か二個減らされるだけだろう。

アリは、日の出前である四時半に水五〇〇ccとヨーグルト二個を食べ、夜明け前の祈りをしてからふたたびベッドに入った。よけいなエネルギーの消耗、水分の蒸発を防ぐためである。

力丸は予定の一時間前に到着した。アリはすぐに支度をして下へ降りていった。レンタカーの後部には高さ八十センチぐらいの大きなバケツが二つとスコップが入れてあった。

アリが助手席に乗り込むと、力丸は「出発しまーす」とひと声告げ、優しい仕方で車を発進させた。今日は東京までの行程で、上野のビジネスホテルを二室予約してある。車が名神高速に入って間もなくアリはラマダンの件を思い出し、力丸に大体を話してから、自分は勝手に実行するのだから気を遣わないでほしいと念を押した。

アリは車中でもエネルギーと水分の温存を心がけた。ヘッドレストに頭をのせ、力丸との会話も相槌を打つだけにしておいた。スポーツマンタイプで、いかにも快活そうな力丸だが、苦行中のアリを慮ってか口数を控えているようだった。それでも、ふんふんふんと鼻歌を絶やさず、ときどき「だいじょうぶですか」とアリの体調を気遣った。

「慣れてるから平気ですよ。もし気分が悪くなったら水を飲みます」

今日は小雨模様で涼しく、アラビア半島の夏のラマダンを経験した者にはじつにありがたい天候である。なにしろあそこの夏は「コップの水も煮えたぎる」といわれるほどだからだ。

車は名神から東名に入った。「どこか適当に休息してくださいよ」といっても、「まだまだ」と力丸は走り続け、そのうち鼻歌をやめて「ぽっぽっぽ、鳩ぽっぽ」と歌い始め、「アリさん、この歌知ってますか」とたずねた。

「豆がほしいか、そらやるぞ、でしたよね」

「いや俺のはね、酒がほしいか、そらやるぞ、みんなで瓶ごと持っていけ、と歌わんといかんのです」

　力丸は二番も続けた。

「ぽっぽっぽ、鳩ぽっぽ、酒はうまいか、そらやるぞ、わしらのぶーんも飲んでくれ」

　歌が終わると、しみじみと力丸がいった。

「俺はアリさんが羨ましい。酒を禁じられているイスラムの人が羨ましい」

「力丸さん、刑務所に入ったのは酒が災いしたんですね。よかったら話してくれませんか」

「いいんですか。笑わんといてくださいよ」

　力丸は「えーっと」と少し間をとってから話しだした。自分は酒量が一定量を越すと突然妄想、奇想に襲われ自分がコントロール出来なくなってしまう。弁護士にいわせると、こういうのは心神喪失といって本来刑事責任は問えないのだそうだ。ただ自分の場合、そうなる直前の記憶がわりと鮮明なので、その後の空白状態をいくら説明しても、警察官も検事も笑って相手にしてくれなかった。自業自得というもんで、喧嘩沙汰を起こすたびに反省するのだが傷害事件を二度起こしてしまった。

　一度目は京都の木屋町の居酒屋で、たまたま隣り合った女にストーカーに付きまとわれていると相談を持ちかけられた。そこへ当の男が入ってきたので表に連れ出し、重い打撲傷を負わせた。じつはその男、当のストーカーではなく女の恋人だったので、示談してやっと起訴猶予にしてもらった。

　二度目は、キタ新地のスナックだった。そこは大学の友達の行きつけの店だったが、その日は一人で入った。ママは三十代半ばぐらいの色白美人で、目元に少し陰があった。そういえば、ママには服役中のヤクザがついてるから手を出すなと、友達から聞かされていた。それを力丸は、友達が先に手を出すための煙幕であると解釈し、一人で来たのであった。この日は運よくママが自分につき、会話が弾んだ。「どんなお仕事」と聞かれ、「何に見えます」と聞き返すと、「お坊さんで、大学の助教授」と答えた。これは準肉体労働者にとって思いもかけぬ賛辞であった。

「俺、そんなように見えますか」

「叔父がお寺の住職で、大学教授もしていました。力丸さん、よう似てはるんです」

「俺、そんなインテリとちがいますよ」

「でも、子供に何か教えたはるでしょう」

「うん、それは当ってます」

週に二回レスリング道場で子供たちを教えている力丸は、すっかり舞い上がった。

「ママはどんなタイプが好きで」

「そうやねえ……強くて、弱いひとかな」

「へえ、それは難しいな。いや待てよ。そういえば俺、強うて弱いかもしれません。瓦十枚重ねて割れるけど、熱が三十七度出たら死ぬんやないかと思うから」

「わあ、面白い人。力丸さん、これから、よいお友達になってくれます？　何でも相談できるお友達に」

「はあ、まかしといてください」

力丸は非常に楽観的に、よいお友達の範囲を目いっぱいにふくらませた。すでにママの目は艶っぽく潤み、声も湿りをおびていた。二人が友達の境界を越えるのは今夜のうちか明朝か。

と、誰かが入ってくる物音がし、ママの目がきらりと光った。ソフトを深くかぶり上目遣いの目に険のある男が歩を運び、力丸の隣に腰をつけた。ママは注文も聞かず、ヘネシーのXOをグラスになみなみと注ぎ、両手で男に差し出した。

ちくしょうめ、ママの男が今しがた出所してきたらしい。力丸がちらっと男を見ると、男も力丸の方を向き、自分の眼球を潰すつもりかと思えるほどきついウインクをした。

「シャバは暑いのう」

やっぱりそうか。この男に間違いないわ。力丸は頭がくらくらとし、「ママ、水、水」と叫んだ。水を飲んでアルコール分を薄めようとしたのだった。男はさらに続けた。

「若いの、無口やのう。何とかいうたらどないやねん」

「はあ……あちらには冷房はついていないんですか」

「そんなもん、ついとるかい。そやから、お勤めごくろうはん、というんやないか、このボケ」

サワーグラスの水を、力丸は左手で受け取った。これがいけなかった。右手なら口に持っていっただろうに、左はひどく戦闘的なのだ。もろに男の顔に水がぶっかけられ、店の中で殴り合いになった。相手がヤクザだから先制しなければこちらがやられてしまう。力丸は数発のパンチを繰り出し、あっけなく相手を倒した。鼻骨と肋骨二本の骨折を負った相手は弱いはずで、ただギャグ好きの金持ち客だったのだ。

これでひととおり話し終えたのか、力丸はアリに「俺の頭、どう思います」と感想を求めた。まったくまともですよ、ともいえないのでアリは次のよう返事をした。

「僕、酒のことよくわかりませんが、力丸さん、早トチリなだけじゃないですか。ただ、その早トチリとノックアウトパンチが同時的に起こるのが問題やけどね。それで、相手の怪我は治ったのですか」

「全治したんやけど、治療費や慰謝料で相当かかった。重機を売ったぐらいでは足りず、社員に退職金も払わないかんし、おふくろが田畑の半分を売って工面してくれたんですわ」

「今はアルバイトやってるそうだけど、将来どうするつもりです」

「金をこつこつ貯めて、ダンプを買うて出直すつもりです。世話になってた元請に、懇意な人もおることやしね」

ようやく足柄サービスエリアで休憩をとることになった。

「僕は車にいますから、どうぞゆっくり飯を食べてきてください」

「はいっ、そうします」

この答えぶりから力丸の空腹具合が察せられた。アリは彼が二人前を平らげる姿を想像し、一時間を予想した。ところが二十分ほどで戻ってきたので「もう済んだのですか」とたずねると、「俺、少食でね。刑務所の飯でそうなったんですわ」と真面目な顔で答えた。

予定より早く上野に着き、車を終日営業の駐車場に置いてホテルにインしたのがまだ四時前だった。アリは明朝六時出発の予定を告げ、「今日はフリーです、飯も適当に取ってください」と金を出そうとしたら、力丸は手で制し、「アリさん、夜も断食ですか」とたずねた。

「いいや、日没後は食べていいのです。むしろいつもよりご馳走を食べたりします」

「それじゃ一緒に食べましょう」

「でも日没までにだいぶ時間がありますよ」

「お祈りはせんのですか」

「むろんやります」

「それ、見せてもらえんやろか」

「どうぞ見てください。あなた、イスラムに改宗すると断酒が楽になりますよ」

アリは大きなバスタオルをボストンバッグに入れて持ってきていた。これ一枚あれば祈りの場所としては足りるがその順序も仕方も細かく決まっている。まず祈りの前に体を流水で洗わねばならず、両手首からはじめ、口とか鼻とか頭とかを順々に進み、最後に両足の指の間に至る。アリはこれを洗面台の水道で行い、力丸は後ろで黙って見ていた。次にバスタオルを戸の内の通路に敷いて祈りの場所としたが、まずメッカの方を向いて立ち、今から礼拝すると念じねばならない。今日は雨模様で日の位置が定かでなく、この方角も心で念じて決定した。その後は「神は偉大なり」を唱えながら、両手を耳の高さに掲げる、額を床につけて跪く、正座をする、といった動作を決められた回数繰り返し、最後に「あなたの上に平安を」と唱え、首を右に、そして左に向ける。

力丸はベッドの裾に立って、二十分ぐらいかかった礼拝を不動の姿勢で眺め、終わると感嘆の声をあげた。

「イスラム教徒はそれを日に五回もやるんやなあ」

「そうですよ。もっとも夜明け前の祈りは今のより短いです」

「それでは俺も、自分流祈りを」

力丸はバスタオルをたたんでベッドにのせ、アリが礼拝したあたりにうつ伏せになり、「イチ、ニイ、サン」と腕立て伏せをはじめた。それは祈りにしては軽く躍動的で、肉の快楽を楽しんでいるように見えた。アリは力丸のカウントが「キュウジュウキュウ、ヒャク」まできたとき、「ストップストップ」と中止命令を発した。力丸はさっと起き上がり、これしきのことといわんばかりに、手をぱたぱたとはたいた。

二人は暗くなるのを待って近くのファミリー・レストランに出かけ、アリは鶏肉入りのオムライスを頼み、力丸にはステーキなんかどうですかとすすめた。力丸は「いや俺も同じもんを」ときっぱりといい、それをアリの半分の時間で空にすると、「同じもん、もういっちょう」と注文し、ウエイトレスに対し、俺おかしいかなといった顔をしてみせた。

翌朝、予定より早く力丸が部屋に誘いに来て、二人は五時半にホテルを出た。今日は首都高、東北自動車道で一関まで行き、そこから国道二八四号で気仙沼と経路が決めてあり、力丸は全国の現場を歩いたから道路は任せてくれと、カーナビを使おうとしなかった。

それにしても今日の力丸は妙な出で立ちをしていた。上は紺の丸首シャツだが、ズボンが膝まで乗馬服のようにふくらみ、膝の下は厚い布を螺旋状に巻きつけている。そのうえ履いているのはたしか地下足袋と呼ぶものであろう。車が高速に入ってから、アリはその恰好について質問した。

「その、身につけているものなんですが、全部市販されてるんですか」

「これですか……」

力丸はちょっと口ごもり、それから不得要領な返事をした。

「売ってると思うんやけどね」

「自分が買ったんじゃないんですね」

「まあ、そういうことやね。植木屋のイカズゴケがくれよったんですわ」

「イカズゴケ？」

「嫁さんに行きそびれて、後家みたいになった女のことですわ。日本語、よう出来てますやろ」

「自慢してる場合じゃないでしょう。あなた、そのひとをイカズゴケでないようにしてあげたらどうですか」

「俺はそういう立場やないからね。出所後二年は謹慎期間と決めたんです。あと一年残ってます」

「その間にそのひと嫁に行くかもしれませんよ」

「こないだ手相見てくれいうから見てやって、この一年縁談に耳貸さんほうがええ。病弱な男が運命線に映ってるわ、ほんまもんの後家になるぞといってやったんです」

しばらくすると力丸が「なんや俺ばかり喋ってるな」と独り言をいい、「アリさんはどうなんです、女のほうは」と矛先を向けてきた。

「さっぱり縁がなくてね」

「酒もやらん、女もやらん、のですか」

「そういえば、酒と女と一度にしくじったことがあったなあ」

「それやそれや。聞かせてくださいよ。人にばかり話させないで」

アリはこの男に対し打ち解けた気持になっており、失敗談をするのに抵抗を感じなかった。

「大学友達のチャールズに誘われてソホーのパブに入ってね、初めて酒を口にしたんです」とアリは話しだした。

スコッチを何杯か飲むうち心も体もふわふわになり、とくに体のほうが自制の利かないほど昂ぶってきた。どこか面白いところを探そうということになり、外に出ると中年の紳士に声をかけられた。革の肘当てつきツィードを粋に着こなし、正統な英語を話す申し分のない紳士だった。「少し話を聞いていただきたいのです」と紳士はへりくだり、「気の毒な日本の女子留学生がいましてね、実家が倒産して仕送りが途絶えたのです」と同情に堪えぬように小さく首を振った。「それで学資を稼ぎたいのですね」とチャールズが応じ、紳士との間で次のようなやりとりをした。

「といっても清純な乙女ですから、よほどの相手を選ばなければなりません。若くて品がよくて裕福な人物ということになりますが、めったなことでは見つかりません」

「それで、その子、美人かい」

「学生さん、日本のマウント・フジをご存じでしょう。あのように美しく、気立ても優しい娘です」

「で、あんた、俺たちのどっちがその子にふさわしいと思う」

「それはお二人ともです。しかし、強いてといわれれば、お友達のほうです」

「それはなぜ」

「なにしろ、うぶな子なもんで」

「お友達は、ヴェテランに見えるんだね」

「いや逆です。たぶんあまり女性をお知りにならないと察しました。私としてはそういう男女を引き合わせることが出来ればそれ以上何を望みましょう」

チャールズは潔く諦め、「金は事前に取り決めるんだぜ、この人のチップの額もな」とアリに訓戒を垂れた。それを横で聞いていた紳士は「チップなんて、とんでもございません。それじゃぽん引きになってしまいます」と強く手を振った。

紳士はアリと並んで歩きながら、携帯電話でどこかへ連絡した後アリにこんなことをいった。連れ込み宿は学生に不向きだし、シティホテルは高過ぎます。今から行くところは古くて汚いアパートですが女子学生がこっそり入るのには最適なんです。

暗くてじめじめした細い路地、街灯が水たまりのような灯影を落とす石畳の道。まるでディケンズの小説に出てくるような街区を縫って、六メートルぐらいの道路に出た。あまり灯のついてない四、五階建てが立て込み、卵の腐ったような臭いが鼻にまつわった。

紳士は、とあるビルの前で足をとめ、「少しお待ちを」といって中に入り、ほどもなく戻ってきた。「ラッキーなことに待たなくてよろしいです。たまたま近くに用事があったようです」「彼女にいくら渡せばいいでしょうか」「プロじゃないからあなたのお気持ちでいいのです」「あなたへのお礼は」「とんでもございません。さあさあ、三階の一番奥ですから、どうぞ足元にお気をつけて」

紳士はそれだけいうと、透明人間であるかのごとくその場から消えた。アリはぎしぎしいう階段を上がり、表札も番号もない部屋の扉をノックした。「カム・イン」と、漫画に出てくる猫の老婆のような声がし、「失礼」と中に入ると、女の手が前方の椅子を指さした。女は入口を背に長椅子に座り、テーブルの向こうに揺り椅子が一つ見えた。明かりは両側の壁に蛍光灯がついてるだけで、ここは腐った卵に混じってハーブのようなにおいもした。

アリはいわれたとおり揺り椅子に腰を下ろし女子留学生と向き合った。相手の顔を見たとたん、これは歌舞伎の隈取ではないかと、アリはわが目を疑った。目を吊り上げて塗られたところがそのように見えたのだが、白絵具を使い過ぎているし、窮地にある女子学生が歌舞伎遊びをするはずがない。視線を顔の下に移してみると、ガウンがはだけて洗濯板のような胸が覗き、ソファに立てた右脚は牛蒡のように細く干からびきっている。この人に対して失礼とは思ったが「いつ頃日本からこちらへ」と日本語でたずねると、「一服やるかい」と女は英語でいいながらテーブルの煙管を手に取り、別の戸の方へ入って行った。そこは洗面所らしく、何かを煙管に詰めに行ったのだろうか。

女は十分経っても戻らず、ようやくアリもこの場所の犯罪くささに気がついた。さては、あの紳士にいっぱい食わされたな、金を脅し取られたうえ表へ叩き出されるのじゃあるまいか。アリがそう思い至ったときドンドンと扉がノックされ、ずんぐりとした白人が扉を開き、自ら「カム・イン」と、自分の入室を自分で許可して入って来た。黒眼鏡をかけ、その声はブルドッグを脅している野良猫のようだった。「女房をレイプしようとしたな。えれえショックを受けちまってよ」「はあ、何のことですか」。そろそろとアリが椅子を立つと、男は一メートルの鼻先まで接近してきた。「俺の女房をよ、押し倒したろうが」「あなた、部屋を間違えてますよ」「何だと、俺を、誰だと思ってるんだ」「あの人の夫なんでしょ」「そうよ、女房をコケにされて黙っていられるか」「さっきここにいた人はゆうに七十を越してます。あなたの伯母さんか何かですか」「おい、いいものを見せてやろう。ロシアン・マフィアとのいざこざでな、落とし前をつけさせられたのが、ほらこれよ」。男は黒眼鏡を取り、顔面を前に突き出した。アリはその顔を見て驚愕と恐怖で言葉を失った。

左目に眼球がなく、そのくぼみ一面にミミズのような瘢痕がわだかまっているのだ。「おい、こんな目になりてえか」「いや、なりたくありません」「有り金全部置いてけば、考えてやるぜ」「はい、米ドルですが。とにかく眼鏡をかけてくれませんか」。男はその言葉を疑うこともなく、手にしていた眼鏡をかけようとし、アリはその一瞬をとらえた。男のジャケットの奥衿と袖をつかみ、払い腰をかけたのである。男はあっけなく床に転倒し、腰をしたたかに打って起き上がれなくなった。アリは百ドル札を三枚、ぽん引き紳士と夫婦役の男女に一枚ずつのつもりで、置いてきた。

話を聞いて力丸は「おもろいなあ、さすがアリさんらしいわ」と妙なほめ方をした。

「これのどこが僕らしいのですか」

「そら、ちゃんとチップを置いてきたとこですわ。けど、三人にちゃんと行き渡ったかなあ。それが問題やねえ」

「あれからしばらく、一人百ドルでよかったのか、と悩んだりしました」

今日はよく晴れて大気が乾燥している。これからの交渉を考えると緊張感が高まり、喉が持ちそうになかった。力丸はやはり休憩はとらず一関まで突っ走り、予定よりだいぶ早く国道二八四号に入った。アリは、力丸の人柄、その出で立ちに表れている気の入れ方などを見ると、彼に交渉をやらせたほうがスムーズに行くような気がした。それならば彼にも、がれきが貰えた場合、それをどう活かして市の受け入れにつなげるかを話しておくべきだろう。そこでアリは「少しゆっくり行ってください」と彼に指示し、自分が考えついた作戦を余すことなく彼に打ち明けた。

やがて車は北上川を渡り、ＪＲ大船渡線を左右に見ながら谷川沿いの道を縫うように進んだ。ここは木の影が濃く、水は浅瀬をきらきらと流れ、丘の上にポプラの葉が揺れている。ああなんという美しい自然だろう。

しかし考えてみると、あの大津波もまた自然である。それを思うと、アリの胸はにわかに緊張感で張りつめた。

間もなく気仙沼市内に入り、アリはコンビニの前で車を止めさせ、天然水を二本買って来た。力丸があれっという顔をしたので、「今日は特別の日です。アッラーもお許しになるでしょう」といって一本を彼に渡し、自分はごくごくと五〇〇ccを空にした。

ここから二十分ほどでがれき仮置場のある陸前階上である。この国道の両側はさほど被害のあとが目立たないので力丸には意外だったようだ。「大川という川の向こう側が全滅状態なんです。あの日、力丸さん、何をしてましたか」とアリはうっかり質問してしまった。「まだ、あっちに入っておりましたもんで」と申し訳なさそうに力丸が答えた。

陸前階上からはアリがナビゲーターを務めた。もっともここは一本道を真っ直ぐ行くだけである。

海音寺の手前で車を止めて、時計を見ると十一時半だった。昼休みまで待つことにし、アリは車を降りて寺の境内に歩を運び、観音像の前に立った。見上げるほど高いその像は陽を受けて眩く輝き、ほのかに笑っているように見えた。アリは手を合わせ、「どうか仏さま、寺川牧を助けてやってください。今からの交渉がうまくいきますように」と日本語でお願いした。

十二時十分前に作業員らが仮設道路をこちらに来るのが見え、「戦闘開始」とアリは自らに号令をかけた。仮置場は三百メートルほど先にあり、がれきの小山の上にカーキ色の重機が見えた。力丸を促してアリは歩きだし、途中、すれちがった作業員に「現場主任さんはおられますか」とたずねると、「あそこで打ち合わせをしてる人です」と百メートルぐらい先の二人を指さした。一人は背広姿、一人は草色の作業服に青い野球帽をかぶっていた。

三十メートル手前で、横にいた力丸が「よーし」とひと声上げ一瞬アリの視界から消えた。と思うや、仮設道路の上に両手をつき、右足を後ろにして腰を高くした。スタートダッシュするのかと注視していると、「やー」と掛け声もろともさらに腰を上げ、足を天に向け垂直に上げた。そして、その倒立姿勢で数秒静止してから脚を膝関節で折り、そのまま前方に歩きだした。その速度はアリがゆっくり歩くのと同じぐらいで、見る見る目的地との距離をちぢめた。

そこにいる二人はこちらを向いて茫然と立ちすくんでいた。接近しつつある変な人間にたまげたのであろう。

力丸は作業服姿を現場主任と見たのか、前まで行って倒立をやめ、直立姿勢からぱたんと体を折るようなお辞儀をした。相手はこれにつられ、手を帽子のつばに持っていった。体つきは力丸と同じ筋肉質だが、日焼けした精悍な風貌に力丸よりだいぶ多い年輪が刻まれていた。アリはふいに気がついた。この人はこの前ここでがれきについて説明してくれた人物であると。

向き合った二人は、力士がよくやるように数秒間互いの顔を見つめ合った。その様子は初対面にしては少し不自然だった。

「失礼します。ここの主任さんですね」

力丸が姿勢を低くしていうと、「ああそうだが」と相手はそっけなく答えた。

「私、京都の力丸と申します。こちら友人のアリシャールです」

アリは「今日は」と挨拶し、「その節はどうも」と続けようとして相手の顔を見た。冷淡を通り越して何の反応も示さないのに驚き、口をつぐんだ。力丸がやわらかくいった。

「どこかでお会いした気がするんですがね。そんな昔じゃない時に」

「知らんね、俺は」

相手はそっぽを向いて答え、少しあわてた調子で背広の人物に「それじゃまた後日に」と態のよい退去命令を出した。その人は素直にそれに従った。

「私、建設業を営んでおりまして、あることがあって一時中断してるんですが、仕事の関係でお会いしたのかもしれませんね」

「知らんね、俺は」

「さっきの逆立ち、見たことありませんか」

「ないね。あんた、どこでもあんな変なことやるのか」

「いいえ、特別な場合だけです」

「どんな場合だね」

「この世にはぐれたり、疎まれたりしている人たちを励ますときとか、たっての願いを聞いてほしいときです」

「今日は、後のほうらしいな」

「はい。そこにある、がれきを少しいただきたいのです」

「がれきだって。あんた、京都の市役所の人ですか。本社から連絡は受けてませんが」

「正式の派遣じゃないのです。市長の意を汲んで、先に走り出したというわけで。何しろがれきの処理は一刻を争いますからね」

「ダメだダメだ。役所間で話が出来てないんじゃ問題外だわ」

相手は手をパタパタと振って帰ってくれの意思を表した。アリはそれに逆らい一歩前に出た。

「先日はありがとうございました。いろいろご教示いただきまして」

「えーっ、それ何のこと。いつの話をしてるんだ」

相手は実際寝耳に水といった表情をあらわにした。

「今月の第一火曜日、ここでがれきの処理を教えてくれましたよね。僕は女の顔は間違えても男は間違えません」

「あんた、面白いことをいうね。女の顔はみんな美人に見えるのかい」

「いや美人とそうでない人はだいたい区別がつきますが、美人の識別がつきにくいのです。その点男はだいじょうぶです。あの日あなたは今日とちがって半長靴を履いていましたね。あっそうそう、僕に煙草をくれようとしたじゃありませんか」

アリが言い終らないうちに主任は大口開けて笑いだした。

「あんた、男の識別も怪しいもんだな。それ、同じ会社にいる弟だよ。たしかに似てはいるが間違えられた覚えはないな。それに俺は煙草はやらないんだ」

これは決定的であった。ひどくがっかりしたのが伝わったのか、主任の口調が優しくなった。

「弟があんたに、何かおいしいことをいったのかね。事の次第ではがれきを渡してもいいような」

「とても親切だったので、こちらが勝手に希望を持ったのです。ほんの少しなんです。バケツに二杯で結構です。何とかなりませんか」

「わずかといえども、厳に禁じられてるんだ。中に有毒物質を入れてあそこのがれきは危険だとデマを飛ばすやつがおらんとも限らないからな」

主任は二人を交互に見、「じゃあ」とその場を立ち去ろうとした。

「主任さん、お願いです。もう少しだけ時間をください」

力丸のその声は、断固としているうえに悲壮にもひびき、主任を立ちどまらせた。力丸は少量のがれきをどう活用して市の受け入れに導くのか、話しだした。彼は簡潔にかつ熱誠をこめて説明し、主任は黙って聞いていた。力丸の話が終わると、主任の口調はさらに優しくなった。

「あんたたちが親身になって被災地を助けたいこと、よくわかりました。あなたたちの、がれきを何かで包むというアイデアですが、それで頭に浮かんだのが氷宇治金時です。あれ、中にあんこが入ってるよね」

「はい、たしかに入ってますが……」

「そのあんこをがれきとすると、必ずしも気仙沼産にこだわらなくていいのではないか。京都の生ゴミを使って気仙沼から持ってきたことにすればいい」

「主任、それはやはりまずいです。結果において気仙沼のがれきを受け入れるのに成功しても、それを導く手段にペテンを使うわけにはいきません」

「どうしてもここのがほしいのですね。といっても仮置場の管理は厳重にせよといわれ、夜間は警備会社の車が二時間ごとにパトロールしています。しかし、この広さだし畑の方からはいくらでも入って来られます。それに月夜の晩ばかりじゃないからね」

「つまり、盗んでいけといわれるのですね。だけど、がれきの入手経路は必ず問題にされますから、それも駄目です」

「といって、私が渡したら私の首が飛ぶからな」

アリはもう手立てはないな、海音寺に頼んでも事態は動かないだろうと観念した。それでも市長の熱意だけは伝えておきたいと、ショルダーバッグから新聞を取り出し、「これ、読んでください」と主任に手渡した。その記事には「さあがれきを受け入れよう市長熱涙溢れる決意表明」との見出しがついていた。主任はひととおり記事を読んだ後、一箇所に目を据えつけた。ハンカチで涙を拭う市長の写真を見ているらしかった。

「市長さん、齢はいくつです」

「はい、二十八です」

即座にアリが答えると、主任はアリに向かっていった。

「あなたがここに来た日、私がいなかったのは仙台に出張だったからです。その前日か前々日と思いますが、その年頃の女性がここへ来てね、作業をじっと見ていたんだ。およそ一時間もね」

「その人、美人でしたか」

「ああ、知的で、優しそうな美人だった。ひょっとしたらあの人が……」

「あそこの観音像に似てませんでしたか」

「うーん、観音像ね。あんた、美人は誰でも観音像に見えるんじゃないの。その彼女、仏さんよりスリムだったよ」

「あっ、そうだそうだ、彼女、ミリタリー・シャツを着ていませんでした?」

アリは突然あの列車の女性がそれを着ていたのを思い出したのだった。これまで首から上の印象ばかりにとらわれ、すっかりそれを見過ごしていたのだ。静の女性がこれで動の女性と合致するわけだ。

「そうそう、着ていた着ていた。それで私は彼女に声をかけるのをためらったんだ。右翼だとおっかないからな」

「市長です。寺川牧さんにちがいありません」

「やっぱりそうか。惜しいことをしたな」

「ぜんぜん言葉を交わさなかったのですか」

「帰り際に私のところへ来て、ご苦労さまです、ありがとうといっただけさ。ああ、彼女がじかにがれきを貰いに来たんだったらなあ」

主任の表情がにわかにゆるみ、それに乗じたように力丸が口を出した。

「市長はさっき話した作戦も、われわれが今日ここにいるのも知りません。この作戦はこのアリシャールさんが独りで、まったく独力で考え出したものです。外国人であるこの人が、ですよ」

いいながら力丸はアリの肩を抱くようにした。主任は数秒の間アリの顔を温かな、情のこもった目で見つめた。

「アリシャールさんでしたな。あなた、どこの国の人?」

「ベドウィンです」

「ベドウィンという国あったかな」

「その名の国はありませんが僕はベドウィンです。砂漠を移動中喉の渇きで死にそうな人に会ったとき、コップ一杯の水しか持ってなくても、半分ずつ分け合うのです。それがベドウィンです」

　主任はウ、ウッと喉で押し殺したような声を洩らした。そして、しばらくの間天を仰ぎ思案した後、よーしと手を叩いた。

「私、村木建設の加藤です。それではこういうことにするので口を合わせてください。自分は早トチリして、京都市の職員が、がれきのサンプルを取りにきたと思い込んだ。ここのがれきが安全なことを証明するサンプルを取りに来たとね。三週間ほど前、市長が来て熱心に作業を見学していたので、京都から来たといわれ何の疑いもなくそう思い込んだ。以上のとおりなので、さあ、ここまで車を持ってきてください」

　加藤主任は自分でパワーシャベルを操作し、二つのバケツを一杯にしてくれた。

　別れ際、彼はアリの手を堅く握り締め、「ありがとう」といった。力丸とは先刻のように見つめ合い、互いにうなずき合っていた。

　帰路につくとすぐ、「やはりあの人と会ったような気がする」と力丸が言い出した。「どこでです」と聞くと、「あちらで、ですわ。運動場で一度、食堂で一度ちらっと見たような気がしますねん」と声を低めていった。

「力丸さんの逆立ち、覚えていたのかもしれませんね」

「それやったら加藤さんと俺とは同じ釜の飯を食うた仲間ちゅうことになるな。ああ、人生はおもろいな」

11　夜はやさし　み寺の花の香しく

牧が市議会で決意表明をした日の夜、アリが電話してきて「銀閣寺の向月台をあなたと二人きりで見たいのですが手配してくれますか」と呑気そうに用向きをいった。数時間前、「がれきのこと、出来るかぎり援護射撃します」と力強く述べたのとは大違いである。

「向月台？　あれを見てどうするの」

牧がむっとして言い返すと、アリは「そのとき話しますから至急お寺のオーケーを取ってください」とだけいうと、特急電車に飛び乗るように電話を切った。

向月台というのは銀閣寺の庭にある富士山の形をした砂山で、丈が二メートルほどあり、その麓には白砂が細い縞を連ねてひろがり「銀沙灘」と呼ばれている。アリはその造形を二人きりで見たいというのであるから、拝観時間の終わった後の、それも月の明るい夜を想定しているのであろう。

牧はその情景を瞼に浮かべた。銀沙灘は波立つ海であり、月がそこに映じると、光はあまたの分身となってちりばめられる。そしてその先の向月台は月そのもののように、青を底に沈めた銀色を浮かび上がらせる。

そんな冴え冴えとした情景を見ながらアリは取って置きの話をしようというのか。牧はその場に月が昇らぬことなど少しも想像せず、胸をどきどきさせた。アリがもし愛の告白をしたら、自分は具体的にどう応えればいいのか。牧はついこの間まで、男を本当に好きになったことがなく、この点の機微に通暁していないのだ。

もっとも、それらしい恋愛沙汰が一度あるにはあった。牧が京大二年のときで、相手は金島慶という農学部の大学院生だった。まったく身なりを構わない男で、七・三に分けた髪に油もつけず、風の強い日などボサボサに逆立っても平気な顔をしていた。いつも同じ紺の背広に白いワイシャツ、ネクタイはせず、よくシャツの衿を片方反り返らせ、それがけっこうアクセントになっていた。デートのときはたいてい下駄を履いてきて、空気をかき分けるような歩き方をし、運動神経が異常に発達していた。或る日御所へ散歩にいって草野球を見ていたら、ファウルボールが飛んできた。彼は下駄で砂を蹴って全速で走り、あっ行き過ぎたと思ったら、なんと後ろ手で捕っていた。牧が飛び上がって喜び「わあ、あんなん、初めて見たわ」というと、「イチローかてやりよるで」と面白くもなさそうな顔をした。

初めて会ったのは農学部の並びにある「新進堂」というパン屋を兼ねた喫茶店だった。煙草とコーヒー豆で燻したような店内に、長椅子と幅の広いテーブルがならび、他人が相席するのが当たり前の店である。牧が通りに面した席で外を見ていると、いつの間に着席したのか、向かい側から声をかけられた。

「君が外を見て何を考えていたか、当ててみせようか」

牧は視線を外から向かいに移し、ちょっと意外な感じを受けた。こういう近づき方をするにしては身なりが野暮ったいからだった。ぽかんとした顔で牧が黙っていると、男がさっさと答えを出した。

「こうしているうちにも時間は空しくこぼれゆく。ああ学問を急がねばならぬ。だけどその前にここのクロワッサンを食べるとするか」

「あほらし。もっとロマンチックなことです。この通りに路面電車を復活したらどうやろかとね。長いポールのついた電車、知らんでしょ」

「気が合いそうや。僕はかぼちゃを積んだ荷車が通らんかと、よく見張ってるんです。出来れば腐ったかぼちゃを積んで」

「それ、どういうことです」

「肥料を研究してるんです。初対面でちょっといい難いけど、出来立てのホヤホヤのやつ、手に入らんやろか」

牧がわざと怪訝な顔をすると、男は声を低くして「金色の卵です、人間の。最近は水洗のお蔭で新鮮なのが手に入らんで困ってるんです」と、眉をひそめ、ほんとに困ってるような顔をした。牧はなんだか愉快になり、つい相手の話に乗ってしまった。

「わたし、ちっちゃなときから便所掃除やらされてました。そやから卵のにおい、染み付いてるかもしれません」

男はほんまですかと目を輝かせ、ちょっと手を見せてくださいとテーブルに身を乗り出した。牧がつられて手を差し出すと男はそれを鼻に持ってゆき、「わあ、ええにおいや、最高や」と大喜びするのだった。これをきっかけに付き合いが始まり、やがて「牧ちゃん」「慶さん」と呼び合うようになった。

慶が地方訛りを使って「牧ちゃん、家へ來んですか」と誘いをかけたのは五度目のデートの別れ際だった。相手に悪いかなと思いながら、「何しに」と一応牧は聞き返した。「ドンペリのロゼがあるんや」と慶はさらりといい、「うちは神戸でパチンコ屋を五店、焼肉屋を三店経営していて金持ちなんや。おふくろは自分が中学のとき亡くなり、おやじは二十も若い女を後妻にしている」と家の事情を簡潔に話した。それで牧も「わたしはててなし子です」とさらに簡潔にいい、それですっかり楽になり、「來んですか」に応じようかなとも考えた。けれどいまひとつ積極的にはなれず、結局「また今度ね」でとりあえず先延ばしにした。次のデートで慶は顔を見るなり誘ってきた。もう地方訛りは使わず「家へ来てほしいんや」と率直に気持ちを告げたところは好ましかった。ただ、どちらかといえば草食系の顔が脂ぎり、小鼻がひくひくしているように見えた。それが嫌なのと、付き合いが三月になり自然と見えてきたこともあった。見かけによらず俗っぽく、コーヒーは「シノダ」か「ボンソワール」やといったり、知識が偏っていて歴史などは無知もいいとこだった。二人は木屋町の旅館「幾松」の前を通ったことがあった。牧が「今が幕末やったら幾松みたいに生きてたやろか」というと、「それ誰や、ふーん桂小五郎の女房か、しかし桂は二十代で死んでしもたやろ、えっ、木戸孝允、聞いたことあるな」という調子であった。

結局二度目の誘いも奥歯が痛いのを理由に断ったのだが（真実、少し痛かったのだ）、それから二月間、遠まわしにも誘いの声はかけられなかった。そうすると牧は何か物足りなく、といって自分から働きかけるほどの情熱もなく、宙ぶらりんの漂流をしているようだった。

夏休みが始まろうとする七月半ば、二人は新進堂の窓越しに梅雨末期の大雨を眺め、ぽつりぽつりと話を交わしていた。君とはしばらく会えないな、二月ほど南米に行ってくる。へえー、肥料の研究のために行かはるの。いいや、もろもろの壁にぶつかっていて頭に刺激を与える必要があるのや。どういう風に。酸素の少ない所と平地とを往ったり来たりする。慶さん肺活量大きそうやから酸欠にならないようにね。

いつの間にか雨は小止みになり、それを見て思いついたように「そうや、家で壮行会をやろう、そうしようそうしよう」と慶が立ち上がった。当の本人が壮行会を催すというのは変だが、間合いが絶妙だったので牧も自然な気持ちで慶に従った。

慶は、鴨川の西岸に立つマンションの最上階に住んでいた。通された十六畳ぐらいの応接間は豪華な内装が施され、大理石のマントルピース、ヴァーガンディ・レッドの応接セット、イタリア製らしいシャンデリアなど、牧には眩い物ばかりであった。夜になりシャンデリアに灯が点されると、無数の小鳥が一斉に囀りだすような、そんなふうに金色の燭光が輝きだすのだろう。

　牧は居心地の悪さからか背中が痒くなった。華やかな祇園で育った自分であるが、ここはぜんぜん異質の世界に思われた。

　牧はソファを立ってヴェランダの方へ足を運んだ。窓側からは東山の山並が広角度に見渡せた。その山稜が速い雲に見え隠れし、山のほうが動いているように見えた。しばらくその動きを見ているうち、牧は軽いめまいを覚えた。

　慶が何か音楽をかけようかといったので、牧は外を見たままうなずいた。どうしてか、空へ突き抜けるようなトランペットの音色が聞きたいと思ったが、かかったのはピアノ・ソロのムード音楽だった。牧はいっそう背中が痒くなった。

　間もなく慶がシャンパンを手でつかんで運んできた。壮行会は急に決まった話だから冷えてないのとちがうかなと触ってみると、よく冷えていた。あっ、壮行会は予定の行動だったのか。

　慶は、コルク栓の針金をはずしにかかった。牧は、せめてトランペットのかわりにコルクの栓をポンと威勢よく飛ばしてもらいたかった。ところが慶はおそるおそるといった手つきで栓を上げてゆき、とうとう抜けるまで手を離さなかった。シャンパンはプスッと不機嫌な音を出し、口から溢れそうになった。それを慶が一滴も無駄にすまいと素早くグラスに受けた。

そのシャンパンはさすがに美味で、品よく甘く、少し痛くて爽快なキックを喉に与えた。牧は母に似て酒は強いからこれの一本ぐらい一時間で空けられるだろう。しかしこんな男の前で、そんなええかっこして何になる。

牧はゆっくりゆっくりと一杯を空にした。慶はその間にじわじわと距離をちぢめていたらしく、牧がグラスを卓に置く隙に肩を抱き自分の方に引き寄せた。牧が前を向いたまま唇をぎゅっとすぼめていると、慶は牧のあごをつかみ自分に向けようとした。

とそのとき突然牧の耳奥で、かつて繰り返し聴いたあの旋律が鳴りだした。ドヴォルザークの「スタバート・マーテル」である。十字架の傍らに佇む聖母の悲しみを歌った絶唱である。一瞬にして牧はその歌声に全身が浄化された感覚にとらわれた。自分のどこかに処女懐胎の夢が残っていたのであろう。

「慶さん、ちょっと洗面に行かせて」

牧はさっと椅子を立つとマントルピースの前まで足を運び、慶の方に向き直った。そこは三畳ぐらいの広さがあった。

「ご馳走になりました。わたし何もお返しできないけど、これを見て」

牧はえいっと気合を入れると思い切り上に跳び、空中でくるりと一回転して着地した。慶はよほどショックを受けたのか、ソファに釘付けになったまま牧が帰るのを茫然と見ていた。

さて話を向月台に戻すと、アリに頼まれた翌朝、牧は銀閣寺の住職に電話し、遠まわしに話を持ちかけた。住職とは仏教会との協議会で面識があり、むげに断りはしないだろうが、自分も一緒とは言い難い。

「突飛なことで恐縮ですが、向月台と静かに対面したいというアラブの青年がいるのですが、特別拝観させていただけませんでしょうか」

「市長さん、静かに、ということは夜を考えているのですね」

住職は当たり前のことをたずね、牧は「はい」と答え、続いて次のような説明をした。

彼は日本びいきで思慮深い青年ですから面白い発想が生まれるのではと思います。銀沙灘と向月台を太平洋と富士と見て天変地異の予兆を感じるかもしれないし、砂漠にピラミッドならぬ向月台を築く構想も持っているようです。これを見た人は銀閣寺で本物を見たいと思うから観光宣伝にもなります。あるいは、思索的人間だから、向月台に月が反射し、これが楼閣の銀と響き合うのを見て哲学的啓示を与えられることも考えられます。

「市長さん、ご存じのとおり楼閣に銀箔は貼っておりません。それに月の晩というのであれば、毎晩チャンスを与えなければいけませんが、それはご免こうむります」

牧は銀閣寺に月の出ない夜もあることを初めて自覚し、少なからず落胆した。それでもアリの希望は叶えてあげないといと思い直し、「月がなくても構いません。想像力で補うでしょうから」と譲歩を申し出た。少し間をおいてから住職は「市長、その人の身元、保証されますね」と念を押した。

「言い遅れました。私も一緒なんです」

いいながら牧は、一緒する理由をあわてて考え出した。

「彼が庭を見て感じたイメージとかフィーリングを日本語に表現するには私が必要なんです。たとえば、わびとかさびとか、夜もすがらなど、その場に応じた言い方を誤らせないようにするために」

「市長さん、夜もすがらはあきません。八時から三十分です。その日の三時までに連絡ください」

住職は冷たい、抑揚のない声でいい、牧に「もう少し時間を」という隙を与えなかった。

その日とその翌日ホテルに何度電話しても不在といわれ、とうとう牧は腹を立て「どこへいってるの、夜でもいいからすぐ電話して」とフロントに伝言を頼んだ。三日目の夜九時にアリがやっと電話してきた。牧はまた腹立たしくなって「あなた、どこへ行ってたの」と声が険しくなった。

「僕、ある所へ行ってたんです」

「ある所って、どこやのん」

「それより、銀閣寺どうなりました」

「ある所にまる二日もべったり行くんやから、銀閣寺など、どうだっていいのではございませんか」

「そうはいきません。オーケーとれましたか」

「なんでそんなに急ぐの。わたしに何か話があるの」

「あります。急ぎの用が」

「どうしても向月台の前でないといけないの？」

「明日はどうです。一刻も早いほうがいい」

「お月さん、出ないかもしれへんよ」

「構いません」

「アリさんて、何考えてるの」

　翌日夕方六時、予定どおりアリが市長室にやってきた。どこかでこっそり会うより、堂々と振舞えば好奇の目で見られることもないだろう、と牧なりに考えたのだ。

　アリは少し頬がこけ、目にうっすらと愁いをおび、声もちょっと枯れていた。よほどこの人、何かの想いがつのっているようだ。牧は、束の間胸をどきどきさせたが、二日間の所在不明もすぐに思い出した。

「どこぞ、イタ飯でも食べに行きましょ」

「今、断食月、つまりラマダンで日没まで飲み食いできないんや。暗くなるまで待ってください」

「いつから、そのラマダンやの」

「四日前からです」

　この男、それで少々やつれているのか。あほらし、恋の病じゃなかったのか。牧は「仕事片づけるさかい」といって机に戻り、決済書類を十枚ぐらい処理した。

六時半に二人は市庁を出て、市バスに十五分ほど乗って「銀閣寺道」で降りた。日はようやく暮れて、疏水沿いの桜並木は闇に蔽われ、牧は二度三度空しく天を仰いだ。

「牧さん、僕、腹減りました」

「少し先に何軒か、食堂があります」

参道の中ほどに表に床几を置いた店があった。大きな日傘を立て緋毛氈を敷いたその席を牧が指し「ここにする？」とアリに聞いた。アリは牧の公的立場を考えてか首を振り、中に入って行った。

「断食中は腹にやさしいものがいいんです」とアリがことわりをいい、卵丼を頼んだ。牧はそれでは物足りないので親子丼にした。

「あなた、少し痩せたようだけど、ラマダンて大変なんやねぇ」

牧の思いやりに対し、アリは意外な返事をした。

「逆ですよ。夜、食い過ぎたりするから肥るぐらいです」

「そやけど、頬がこけてるよ」

「これ、まる二日のせいですわ」

「あなた、その間、どこで何してたん」

アリはもう丼を空にしていて、ウエイトレスのおばさんに手招きしていた。

「これ、もう一つお願いします」

追加注文に夢中になって牧の質問をすっかり忘れたようだった。同じ物を連続して頼み、しかもがつがつ食べるその有様を見ていると、向月台でのプロポーズなど砂上の楼閣と思え、脛を蹴飛ばしたくなった。

八時十分前に店を出て、そこから二、三分の銀閣寺へとゆっくり歩き、総門の左の脇道から入った。勝手口のホーンを押すと、作務衣を着た若い僧侶が出てきた。手に懐中電灯を持ち、「こちらへどうぞ」とそれを地面に向け、先に立って歩きだした。庫裡を通り過ぎ、左に折れて白壁沿いに行き、端の小門をくぐると、目前に向月台が姿勢正しく賓客を迎えるように立っていた。そこで僧侶はいったん足をとめ、通行止めの竹をはずしにかかった。左を見ると近くに銀沙灘があり、小刻みなミシン線のような波形を見せ、右は池をめぐる岩々のぼんやりした輪郭だけが認められた。湿った松の香りがつんと鼻をつき、意識が澄んでゆくのを覚えながら目を上げると、薄墨一色の空に東の山の鬱蒼とした木立が黒々と起伏している。

僧は竹の棒をはずし、「お気をつけて」と小径に入って行き、池のたもとの石橋を渡ると、二人の足元に灯を向けた。橋は一メートルの幅もなく、ゆるい弓形をしていた。無事渡り終えると、もうそこが楼閣の前であった。

「座敷に上がられますか」

僧侶に聞かれ、「いいえ、あそこに腰かけさせていただきます」と牧は沓脱ぎ石の上の縁側を指さした。

「時間になったらお迎えに来ます」

アリと牧は縁側に並んで腰を下ろした。後ろの障子を通して室内の灯が洩れ、互いの表情が読めるぐらいの明るさがあった。

向月台は左斜め十メートルほどの所にあり、鈍色のマントをまとい端座しているような姿の上に、薄い羽を重ねたような松が伸び、枝越しに銀沙灘の波頭が見えた。

風はあまり無く、池に落ちる水音ばかりがさやかに聞こえ、その規則正しさが砂時計の砂を思わせ、牧は焦った。あーあ、早う月が出てくれないと困るなあ。そうならないと、アリさんかて言い出し難いだろうに。牧はまだ一縷の望みを失くしていないのだった。とうとう牧から口を利いた。

「アリさん、ここの時間限られてるのよ」

「列車での出会い、あれが啓示だったのや。牧さんは気づかなかったようだけど」

「ごめんね。わたし、何考えてたのかな」

「あの一途な目に打たれたのかもしれんな」

「打たれたって、どんな風に」

「とにかく生まれて初めて、女の人の顔が瞼に刻まれたんや」

「その人、女らしく、はかなげに見えたの」

「はかなげに、というのはどうかな。そんなひとがバック転などするやろか」

「人間、多面性を持ってちゃいけないわけ」

話がだんだん逸れていきそうだった。「あのね、アリさん」と軌道修正しようとしたら、さっきの坊さんが茶を運んで来、のろのろとした手つきで縁側に置いていった。時計を見ると、あと十五分しか残っていなかった。だのにアリは茶をゆるゆると啜った。

「そろそろ結論に入っていただかないと」

牧は茶を一気に飲み、アリに模範を示した。アリは最後のひと口を啜り終わると、牧の方に顔を向け、奥の目をぴかっと、悪戯っぽく光らせた。

「えーと、そやなあ……早う、月が出てくれないかとか……」

「あそこの向月台、あれを見て僕が何を考えてるかわかりますか」

「あの向月台は重要な使命を負っていて、月はどうでもいいのです」

「けど、足利義政があの天辺に座って月見をしたという説があるんや」

「牧さん、あの中にあなたの大事なものが入れられるんです。当ててごらんなさい」

「わたしの大事なもの？　新約聖書とか、お茶屋用英会話テキストとか、いやいや、ちがうな、何かな……」

「ヒントをいいましょう。あなたはまだそれを所持していないのです」

このヒントで牧は完全に翻弄され、肩をすくめるより仕方がなかった。

「牧さんじつは、それ、僕が持ってるんや」

アリは大木を抱くように腕をいっぱいにひろげた。それは無限の量を表しているように見え、牧の口からこんな言葉が洩れて出た。

「それって、あり余る愛とか……か」

「そう、そのようなもんです」

牧は胸がきゅっと熱くなるのを覚え、アリにどう応えようかと言葉を探した。けれど牧の頭はまた迷路の中に入り込んだ。アリの私への愛をなぜ向月台に入れなければならないの。この男の話、さっぱり辻褄が合うてへんわ。

と、そのとき木の葉が潮騒のようにざわめきだし、前方の山の端が雲間から出た月でぼうっと明るくなった。牧の脳裏に束の間こんな夢想が浮かんだ。月が完全な姿を現して向月台を輝かせると、自分が向月台に化身してアリの愛を受け入れるのではないか。

はたして月はさらに大きくなった。見る見るその光は銀沙灘へひろがり、向月台を蒼白く照らしだした。

牧はああと声を上げそうになった。けれど一瞬の後月は雲に隠され、かわって薄闇に明かりを点じたのは僧侶の懐中電灯だった。

「なんや、惜しいけどタイム・イズ・オーバーや」

「本題は今からです。鹿鳴寺に行きましょう」

「アリ、あなた、頭の具合だいじょうぶ」

そうはいったものの帰るわけにもいかず、牧はアリに従った。総門の前の細い路地をアリは先に立って左に折れ、閑静な住宅街をくねくねと行き哲学の道に出た。

「牧さん、携帯電話持ってるでしょ。鹿鳴寺の遠山住職にこういってください。急用でアリシャールと伺いたいと」

「急用って？　何なの」

「道々話します。さあ早く」

有無をいわせぬ口ぶりに押され、牧はバッグから携帯を取り出した。

「夜分申し訳ありません。火急の用事がございまして、はい、アリシャールさんがもう近くまで来てしまいましたもので。はい、恐縮です。おおきに、ありがとうございます」

電話を切ると、牧はアリのシャツの袖をつかみ、「早う話して」と強く揺さぶった。

「はいはい。じつは牧さん、向月台の中に震災がれきを入れるのです。鹿鳴寺はそれに密接に関連するのです」

「え、えっ、何ですって」

アリはもう一度同じことをいい、次のような補足説明をした。

——自分はあの第一火曜日、大川小学校へ行く道で、円錐形の小山がいくつもあるのを見て運転手に「あれはなんですか」とたずねた。「あれ、中身はがれきです。自然発火を防ぐため土をかぶせてあるのです」と教えられ、そのときはなるほどと思っただけだったが、牧さんの演説を聞いて、あの円錐が瞼によみがえった。そして、これだ、これだとインスピレーションが湧いた。もしがれきを、向月台に入れることが出来たらどうだろう。それによって受け入れのさきがけとすることが出来るのではないか。反対の市民の感情も変わってくるのではないかと——。

「まあそういうわけでね」

いいながらアリは歩調をゆるめ、牧の方に少し肩を寄せた。

「これが銀閣寺にご足労願った理由です。成算あると思いませんか」

牧は小さく首を振り、頭に浮かんだ疑問を口にした。

「銀閣寺さん、そんなん、承知してくれないのとちがうやろか」

「いきなり銀閣寺を対象にはしていないのです。そやから鹿鳴寺に行くんです」

「遠山住職から銀閣寺に頼んでもらうわけ」

「いいや、鹿鳴寺に向月台を作り、中にがれきを入れてもらうんです。銀閣寺みたいに大きくなくてよいし、境内のどこでもいいから置いてもらえばよい。そして出来ればこのミニ向月台がほかの寺にもぽこぽこ出現すればいい」

「ちょっと待ってよね。アイデア自体は素晴らしいと思うけど、がれきを試しに持ってくることは出来ないのよ。ちゃんと市として決定しなければね」

「さっき、あなたの大事なものを向月台に入れるという話をしたとき、あなたはそれを所持していないが、僕は持っているといったでしょ」

「まさか、あなた……がれきを持ってるなんて……うそでしょ」

「まる二日かかって気仙沼へ行ってきました。仮置場の現場主任が意気に感じてバケツに二杯分けてくれたんです。だからこちらも絶対にこれを無駄にしてはいけないのです」

「アリ、それを、どこに置いてるの」

「手伝ってくれた友人のところです」

牧はしばらく口を利くことが出来なかった。頭の中では市長としての自分が居残って、行政手続きを踏まなきゃまずいぞと警鐘を鳴らしていた。これは一種の自力救済であり、違法なことは明らかだからアリが実行するのを止めなければならない。

だが一方この問題は一刻を争う事柄であり、誰かが実力行使に出たとして、それを非難できるだろうか。ましてや外国人がその危険を背負おうとしているのである。

牧はここは即決的判断を迫られていると感じ、くるくると頭を回転させた。そして百メートル歩く間に、このアイデアの違法性は微弱である、お寺が参加すれば市民への影響は非常に大きい、いずれにせよ自分が全責任を負うのだ、という政治的判断に達した。

決心してしまうと、牧の心は明るく弾み昂揚した。巧まざるユーモア、蛮勇ともいえる勇気、奇想に近い創造性。それらを兼ね備えた男と、ともに歩むのはなんと愉しいことか。

「アリさん、よう考えてくれたね。ありがとう」

「牧さんにそういわれて、僕、うれしいわ。こちらこそありがとう」

アリは足をとめ、牧との距離を少しとって手を差し出した。あたりに人影はないようだったが、それはごく紳士的な握手だけで終わった。

どこからか、湿った木のにおいに混じって甘い花の香りが流れてきた。それはくちなしの花のようであった。この辺は東の方に樹木につつまれた法然院があり、夜目にもしるけく白い花が咲いているのか。

「ねえアリ」と牧は、花につられたような甘い声を出した。「わたし、向月台と聞いて、月明かりを想像しました。それを見ながら、あなたの唇から美しい音楽が流れ出るのを聞いているのです」

「楼閣の縁側で僕が喋ったことはその音楽じゃなかったですか。僕は震災がれきに一杯の愛をこめて、向月台であるあなたにプレゼントしたのです」

牧はアリの腕をとり頭をくっつけた。二人の歩幅は自然と狭くなり、牧は今にもアリの足が止まるのではと胸をどきどきさせた。しかし鹿鳴寺まではわずかなこともあって、そうはならなかった。

鹿鳴寺では雲水が表で待っていて二人を庫裡に案内した。

「おふたがたよ、拙僧は独り者であるからして月下氷人には不向きでござるよ」

座卓に向き合った住職はいきなりそう言い放ち、一笑するとすぐに顔を引き締めた。今日は墨染めの正装である。

「アリさん、がれきは手に入ったか」

「はい、お蔭さまで。ご住職の名刺は使わずに済みました。そこで、先日申しましたように、ご決断をお願いに上がりました」

「ちょっと待った。そのがれき、どのように入手したか詳しく話しなさい」

「はい」とアリは元気よく応え、現場でのやりとりをありのままに話した。聞き手の住職はだんだん真剣な面持ちになり、ぐりぐりした眼球に憂いの色を浮かべた。アリが話し終わると、住職は常ならぬその目を牧に向けた。

「市長はアリさんの今の話、いつ聞いたか」

「だいたいは哲学の道で、詳しくは今です」

「哲学の道だって。君らはランデ・ブーしながらそんな大事な話をしたのか」

「いいえ、銀閣寺に用事があり、そこからこちらに来たもんやから」

住職は銀閣寺には触れず、続きの質問を牧に浴びせた。

「一緒に来たのはどうしてじゃ。なぜアリさん一人に任せなかった」

「自分が全責任を負おうと決心したからです」

「軽率じゃ。まだ市長がしゃしゃり出る幕ではないわ」

住職は牧を一喝し、その勢いに自分で驚いたのか、がらりと優しい声になった。

「アリさん、がれきをうちが預かれというのかな」

「はい、おっしゃるとおりです。もう少し具体的に申しますと……」

アリは自分のアイデアを縷々説明し、「ミニ向月台を置いていただくのは畑の片隅で結構なんです。大事なのは鹿鳴寺ががれきを受け入れてくれたという事実ですから」と言い添えた。

「牧さん、これが実現すればすぐマスコミに知らせようと考えているな」

「はい、そのとおりです」

「それは市長のやることではないっ。私がやる」

「ご住職、がれき、引き受けていただけるんですね」

牧とアリは声を揃えていった。

「知り合いの寺にも頼むことにしよう。こちらが先頭に立てば、大方は断れまい。それから牧さん、会長に交渉して仏教会の協力を仰ぎなさい」

「会長というのは例のベレーの管長さんよ」

牧はアリにそういってから、やんわりと住職に疑問を呈した。

「そやけどあの方、そこまでやってくれると思います?」

「何をいってるねん。アリさんがここまでやってくれたんや。あとはあんたの腕力で橋本管長をねじ伏せるんや」

住職は一方的に向月台の製作を明後日八時と決め、「えらいことに巻き込まれたもんや」と普通の声で独り言をいった。それから門まで二人を送ってきて、「牧さんは今夜の謀議に参加はしとらんからな」と念を押した。牧が小さな声で反駁した。

「わたし今晩、ここに何しに来たんやろ」

「そんなこと、知らんわい」

住職は突き放すようにいい、「独り者でも昨今媒酌人を務める者がおるそうな」とつぶやきながら中に入った。

12　禅寺の庭に震災がれき

翌々日アリは、埋蔵金発掘のときに買ったウォーキングシューズを履いて鹿鳴寺に赴いた。作業開始予定の二十分前に着くと、表に力丸ばかりかトレーナーを着込んだ花田もいて、「私、手伝わせていただきます」と殊勝げに挨拶をした。塀の脇に小型のダンプが停めてあり、横腹に「植武」と屋号らしきものが記してあった。長身を利して荷台を覗くと、例のポリバケツ、猫車などのほかにブルーシートを敷いてかなりの土が盛ってあった。

「この車、イカズ何とかさんから借りたのですか」と力丸にたずねると、「そうです。そのゴケはんに頼みましたんや。ただし土はうちの畑からですわ」と答えた。

少しして作務衣姿の住職が出てきた。アリは、力丸を気仙沼に同行してくれた人、花田を作業の助っ人と紹介した。住職はご苦労さまですと頭を下げ、顔を上げると、すでに降ろされていたバケツに目をとめた。

「アリさん、この中にがれきが入ってるのか」

「はい、そうです」

「知り合いの住職五人にはもう話がつけてある。これからも賛同者が出てくるやろ。そのつもりでお宝を使わんとな」

住職は自分で蓋を開け、腰を屈めて顔を近づけ、しばらくじっと見つめていた。容器からは饐えたような、硫黄のような、化学物質が燻るような悪臭が立ち、風のない空中に澱み、漂った。

住職は顔を上げると、「有難いこっちゃ」と三人に笑いかけ、「そうそう、上にかぶせる土やけどな」とアリの方に顔を向けた。

「それ、力丸さんが持ってきてくれたんですわ」

アリが答えると、「うーん、そうか」と住職は少し思案し、「うちの土を使うというのはどうやろ。やる気があるとこを見せるという意味で」と遠慮がちに申し出た。アリは力丸に、それでいいねと確かめてから「ありがとうございます」と礼をいった。

「初めは白砂をと考えたのやけど、それでは銀閣寺と同じで、あちらに悪いような気がして畑の土を思いついたんや。これやと形を整えるのにちょうど適当な硬さだし、水はけもよい。それに色も黒いから銀閣寺の意匠権を侵害することもないわ」

住職は少々得意そうな顔をした。

住職はまた設置場所も、本堂に面した砂庭の一角に決めていた。門が開けてあれば外からも見える、石畳の通路のそばである。すでに砂の上に直径一メートルほどの円が描かれ、その中心に細い竹の棒が挿し込んであり、通路には黒褐色の土が堆く積まれていた。

やはり作務衣姿の雲水が二人庫裡の方から現れ、住職は「よし、八時やな」とみんなを見回した。

「それじゃ作業を始めよう。高さは一メートルぐらい。造形美にはこだわらんで、素人くさいものでええから、存在感のあるものをな」

基本方針が述べられた後、まず力丸が猫車に積んでがれきを運び、それを花田がスコップにとって円の中心に空けた。雲水二人もスコップで同じ作業を行ない、猫車を空にすると、花田がスコップの背でがれきを軽く叩いて平らにした。

今日は息苦しいほど湿度が高く、それぐらいの量でも臭気がこもるが、誰も平気な顔をしている。

住職が次の指示を出した。

「中身はそれぐらいにして、円の範囲で土をかけてくれ」

アリは花田のスコップを奪い取るようにして、雲水とともに通路の土を運んだ。やがてその高さが、平均で三十センチほどになったとき住職がまた声をかけた。

「みんなで土の形を円盤にしてくれ」

力丸も花田も加わり、素手で叩いたり撫でたり押さえたりして平らにする。これは、円から土をはみ出させてはいけないから、なかなか厄介だ。五分もやると全身から汗が噴出した。

「よーし、ストップ」

住職はいつ用意したのか、凧糸の両端に鉛筆をくくった物体を手にしており、「糸の長さは四十センチある、三十センチのも二十センチのも準備してある」と説明し、鉛筆の一本を円の中心に挿し込んだ。それからもう一本の鉛筆を、糸をぴんと張らせながら土の上に立てた。そうして住職は身を屈めた姿勢で、鉛筆を土に立てたまま円をひと巡りした。こうして土の上に直径八十センチの円が描きあがると、次の作業を命じた。用意してあった幅三十センチほどの長い厚紙を新しい円の中に挿入するのだ。土がかなり固いのでそう簡単ではなかったが何とか円の形に壁が出来た。住職は「それでよし」とひと声発し、壁の中に土を入れるよう命じ、それがぎりぎりに達すると、また手でならすように命じた。こうしてこの後も同じやり方で進められ、直径六十センチと四十センチの円盤が作られ、全体として四層の、かなりシュールな物体が出来上がった。

「これを、円錐形にもっていくにはどうしたらええかな。何かいい方法はないもんか」

住職はぐるりと視線をめぐらせ、みんなの顔をうかがった。少し間があって、花田がハイと手を上げた。

「上から順に、円盤の角の土を崩し、なだらかにするしかないでしょ。要は手のタッチです。女の肌に触れるように優しく、かつダイナミックにやりましょう」

「花田さんはそちら方面のオーソリティのようですが、それで富士山の形になりますかな」

「そら、それぞれ手に個性があるからすっきりとはいかんでしょうが、後は私が適当に修正しますわ。これでも高校時代絵画部で彫刻をやってたもんで」

「そうか、それじゃみんな、土をガールフレンドと思って楽しんでやろうか」

住職も仲間に加わり、作業はわりと早く進んだ。それというのも、禅の寺院にあるまじき賑やかな、猥雑ともいえる会話が潤滑油となったからだ。

「はいはい、ストップストップ」

作業停止の声をかけたのは住職ではなく花田だった。間髪を入れず力丸が外へ駆けて行き、左官に使う鏝《こて》を持って戻ってきた。花田はそれを手にすると、五メートルほど離れてこの作品を観察し、「このままでよろしいのとちがいますか」と住職にたずねた。住職もまったく異存がなかったので、花田は数か所に鏝を当てるだけで自分の役割を終えた。

完成したミニ向月台は富士のような優美さは持たず、いかにも野暮ったかった。頂上が扁平過ぎるうえに、山肌はごつごつとし、何よりも色が黒かった。だがその粗削りな、どーんと構えたたたずまいは、いかなる風雪にも耐える不屈の意思を表しているように見えた。

住職が雲水二人に「それではあれを」と何かを命じた。一人が庫裡の方に走って行き、もう一人はミニ向月台の前に園芸用スコップで穴を掘りはじめた。住職の説明によると、北山杉を扱う友人に立札の製作を頼み、大急ぎで拵えてもらったのだそうだ。雲水が運んできたその立札には屋根がついていて、これをもう一人の雲水が掘った穴に立てると、一メートルぐらいの高さになった。

「東日本大震災の瓦礫が内蔵してあります」

住職の筆であろう、雄勁な筆勢で書かれた立札を、みなはしばらく無言で見ていた。とそのとき、表の方から「失礼します」と男の声がし、続いて「ありゃ、それなんですか」と問う同じ声がした。男は大股にのっしのっしと歩いてきて、立札の前で足をとめた。頭をスポーツ刈りにした三十代半ばぐらいの男で、頭陀袋のような鞄を肩にかけていた。

「こちら、近畿日報社会部の矢部君です」と住職がみなに紹介すると、「面白いものを見せるから九時半に来いと、遠山老師にいわれたんです。それがこれですか」と一同を見回した。

住職は立札を立てるに至った経緯を、かいつまんで説明した。矢部記者は写真を数枚撮ってから、いくつか質問してよろしいかと断り、住職と次のような問答を交わした。

「中に入っているがれきは安全なんですか」

「そのとおり。寺川市長の言葉を借りれば、ほぼ安全ということになる。線量はあちらで測定済みだからね」

「こちらでもう一度測定しないのですか」

「どうして、二度も同じことをやるの」

「東北のどこかから運んだというのですが、場所を特定してくれませんか」

「それを知ってどうするんや。宮古ならいいが気仙沼はいやだとでもいうのかい」

「しかし、あちらはどういうつもりで渡したかを知りたいんです。持ってこられたアリシャールさんにたずねてよろしいか」

「この方はアラブの人で日本語があまり得意じゃない。誤解を生んではいかんから私が代わりに答えよう」

「アリシャールさんは京都市の使いで来たと、相手に伝えたのですか」

「京都から来たといったそうだ。嘘はついていない」

「しかし……彼は外国人だし市の使いだとは相手も考えないんじゃありませんか」

「言い遅れたが、この人、力丸さんが主に交渉したんだ」

「自分たちはプライベートで来たと断ったのでしょうか」

「君ね、相手の人は京都市は当然がれきを受け入れてくれると信じきっているんだよ。そのとき京都から来たといわれたら、その人、どう思うかね」

「さあ……」

「安全であることを裏付けるサンプルを取りに来たと思うだろう」

「いずれにしても行政間の合意がないわけだから、このがれき、問題ですな」

「問題にしたいのならすればいい。しかしこの件は一刻を争うんだ。それだのにわれわれの一人でもそのために立ち上がったかね。自分の身を犠牲にする覚悟で立ち上がったかね。この京都で真に勇気のある人間はアラブの一青年であるこの人だけじゃないか。もしマスコミがそんなちっぽけなことを突っついたら世界中の笑い者になるぜ、世界中のな」

矢部記者はしばらく沈黙した後、自問するような調子でこうつぶやいた。

「この件を寺川市長は知ってるんだろうか」

「あっ、そうか」

住職が突然気づいたような高い声を上げ、矢部記者に「君、携帯電話持ってるだろう。市役所を呼び出してくれないか」といった。記者が今日は日曜ですよと断ると、「あっそうか」と額を叩き、雲水に「あの名簿を」と言い付け、「市長は座禅の常連でね」と記者に教えた。住職はもう一度携帯の借用を申し込み、座禅参加者名簿によって寺川牧に電話をかけた。打ち合わせてあったから牧は当然家に待機していて、全部自分の知っている事実を一から聞かされる役を全うしたようだ。電話が終わると住職は矢部記者に「プライベートな頼みを聞いてくれんか」と持ちかけ、立札を真ん中に一同の写真を撮らせた。それが済むと「君も入れよ」と記者に手招きをし、アリに「君の腕力で引っ張っておいで」と指示した。アリは抵抗する矢部を引きずるようにして連れてきて、カメラも放させた。雲水がそれを引き取り三枚ばかリ集合写真を撮った。住職は矢部に礼をいい、「これで矢部ちゃんもわしらの仲間になったわい」とその肩をどんと叩いた。

この後庫裡で番茶をふるまわれ、その席で住職は花田と力丸に「ほかの寺のほうも協力してもらえんやろか」と申し出た。アリは反射的に力丸の顔を見た。さっぱりとして意気に感じる性格に加えまだ本業に復帰してないからだ。ところが先に反応したのは花田で、名刺を差し出し、「いつでも連絡ください」ときっぱりした口調でいった。それを追うように力丸が大きくうなずき、アリも安心してうなずいた。住職は手をぽんと叩き、「千人力や、いや万人力や」と喜び、薬缶の茶をひとりひとりに注ぎまわった。

庫裡を出ると、花田がおかしなことを言い出した。

「アリさん、例のリュックサックですが、私にプレゼントしてくれませんか」

アリは初めその気持ちを解しかねた。

「あんなもの、何のために」

「あのう……色々ありましたから、その記念に持っていたいと……」

まさかそんなセンチメンタルなこと、と考えながら歩くうちにリュックの向こうに展望が開けるような気がしてきた。それと懸案が一つあったので、あなたがたに大事な話もあることだしといって、今日の五時柳水堂で会うのを約束させた。

牧は鹿鳴寺での謀議の翌朝、橋本無尺管長に電話し、市の広報紙に掲載する対談を申し入れた。管長はすぐさま仏教会会長の肩書を自覚したらしく、「どうせ観光税を持ち出すんやろ」と難色を示した。

管長のいう観光税がどんな内容を包含するのか牧は知らない。ただ予《かね》てより、観光振興のためお寺は拝観料を安くすべきである、それをしないのなら収支を徹底分析して営利に相当する部分は相応の公的負担をすべきであると主張している。これが観光寺院の面々には目の上のこぶに映るらしい。

「管長、この際、その観光税には触れないことにします」

「当たり前や、それならええわ」

「それ、確約しますから今日か明日会っていただけますか」

「どうしてもというなら明日の十一時から一時間や」

対談がたった一時間では管長の独演で終わってしまう。だが今は緊急時であり、ともかく会うことである。牧は「おおきに、それではその時間にお伺いします」とさらりといって電話を切った。それから牧は、インスタントコーヒーを二人分作り、「がれきの件で相談に乗って」と母を居間の卓袱台に座らせた。母は一応新聞で娘の苦労は知っているから、橋本和尚を籠絡する方法をたずねると、真剣に思案してくれた。

「やっぱり正攻法で行くより仕方ないのとちがうか。搦め手がないわけやないけど、あのおっさんには逆効果になるかもしれへん」

「お母ちゃん、搦め手て、何なの」

「むかし、まだ雲水のとき老師のお供でここに何度か来て、わたしに恋したんや」

「へえー、まさかわたし、おしょさんの子とちがうやろね」

「あほらし。一度ラブレターを寄越し、返事しなかっただけの関係や」

「その手紙、まだ残ってるの」

「とっくに捨てたわ。そやけどな、よほど貧乏してたと見えて、寺の便箋を使うてるねん。草風堂で誂えた特製の便箋を」

「へえー、おしょさん、公私混同したんやね」

翌日、牧は妙案が浮かばぬまま本山に到着し、ラブレターを書きそうもない真面目そうな雲水に案内され、方丈へと足を運んだ。

「お客さん、お見えになりました」

雲水が声をかけると、「お入り」と管長が応え、牧は廊下で跪いて「失礼いたします」と断ってから中に入った。およそ飾り気のない八畳ぐらいの部屋である。

管長は椅子に腰かけ、薄い毛布を膝に置いていた。

「ちょっと風邪気味でな」

「そうとは存じませんでした。時間は厳守いたします」

「速記は入らんのか」

「テープレコーダーで代用します。なにしろ財政が逼迫しておりますので」

牧は長机を挟んで管長と向かい合い、早速レコーダーをセットすると「準備オーケーです」といって管長の顔を見た。相手は、夢兎の客のときとはいくつかの点で別人のようだった。店ではふくよかな頬がピンクに染まり、そこからエッチな軽口が連発され、二重の目がだんだんと動物性をおびてくる。それがここでは頬は土気色をし、眼球は霧がかかったようにぼうっとしていた。

牧は仕事の前段を早く片づけようと、用意したテーマを休むことなく展開し、途中運ばれてきたお茶もひと口しか飲まなかった。そのテーマはといえば「花をたしなむこととライトアップについて」「チンチン電車の復活は是か非か」「日本人の寿命は本当に伸びたと思うか」の三題で、老師の応答はコンニャク的な点で出色だった。

時計を見ると、後二十分しかなかった。牧はレコーダーを切り、「これからはオフレコにいたします」と断り、いきなり本題に入った。

「震災がれきの受け入れを、仏教会で支援していただきたいのですが」

「う、うー」

管長は唸り声を上げ、上体を前屈みにした。赤ん坊の歩行用具のような、周りが円形の椅子がギーと鳴った。管長は数分もの間思案してからおもむろに口を開いた。頬が夢兎にいるときのように紅潮していた。

「牧ちゃん、私個人としては受け入れに賛成やけどな、仏教会としては出来そうにないな」

「どうしてです。会長の威令はあまねく行き渡っていると聞きましたが」

「あんたや、あんたがネックになってるんや。観光税でだいぶ反感を買ってるからな」

「ほな、どうしたらいいんですか」

「あの税のことは今後口にしないと約束することやな。仏教会に出て表明するか、文書にするかどっちかで」

「会はいつ開くんですか」

「当分、予定はない」

「もう時間がないんです」

「それなら今すぐ文書にするこっちゃ」

老師は腰を上げ、机の文箱から便箋を出し、牧の前に置いた。それはまぎれもなく草風堂誂えの寺専用の便箋だった。牧はバッグから万年筆を取り出し、便箋に並べて置くと、少しの間それをじっと見つめた。そうしてそのペンを横にずらせた。

「どうしたんや。簡単な文章でええのや」

「この便箋、ずっと前から草風堂に作らせたはるんですか」

「そうや」

「わたし、これと同じもの、どこかで見たような気がして」

いいながら管長を見ると、狼狽を見せまいとするのか顔をつるんと撫で、伏目になった。

「わたし、これに書くの、やめときます」

「なんでや」

「一つは自分の信念を枉《ま》げるわけにはいかないこと。もう一つはこの便箋、橋本無尺氏の私信に使ってもらったほうがいいと思いますので」

管長はそれには応えず、目を南の庭側に向けた。

「庭を拝見させていただきます」

牧は庭の縁の硝子戸のところまで足を運んだ。その庭は前面に白砂、後ろに松の島々を配した回遊の池、そして対岸深く大岩を落ちるひと筋の滝が見られた。

牧は庭を向いたままいった。

「管長、お願いがあります。銀閣寺の向月台をご存じでしょ。じつはあれのミニチュア版をここに作ってもらいたいのです。中に震災がれきを入れて」

牧は「先ほど鹿鳴寺住職から連絡がありました」と前置きし、第一号が完成した経緯を簡潔に説明した。

「あんた、鹿鳴寺をうまく誑《たら》し込んだな」

「管長、今の発言、直ちに撤回してください。あの方がどんな人物かよくご存じのくせに」

牧は後ろからの返事を待ったが、一言も発せられなかった。ふと、牧の目に紅色が一点、鮮やかに映じた。砂庭の端に芍薬が一輪だけ咲いているのであった。

「管長、向月台のアイデアはわたしが考えたのではないのですよ」

まだ花を見ながら、牧は諭すようにいった。

「誰が知恵を出したんや」

「イスラムの青年ですよ。管長もご存じの」

「ああ、変な踊りをしたあの男か」

「これなら穏便な先駆けとなると、彼が頭をしぼり、がれきも被災地からもらってきたのです」

牧はゆっくりと自分の席に戻った。

「砂漠は、ここの芍薬のような綺麗な花は咲かせないでしょう。だからでしょうか、あの青年は心の中にあのような美しい花を持ってるんです。そう思いませんか、おしょさん」

牧は管長の顔をじっと見つめた。相手が何かいい返事をするまで目をそらすまいと息をつめて。

「よし、わかった。牧ちゃん、私の感想はこうや。仏教会会長として鹿鳴寺の勇気に拍手を送りたい。少なからぬ会員が右にならえすると思う」

「会長がそのようにいっていると発表していいんですね」

「ああ、どうせ記者連中がこっちに聞きに来るやろ」


昼過ぎから雨になり、だんだん雨脚が強くなった。地下鉄と京阪を利用すれば濡れずに柳水堂に行けるのにアリはそうはせず、南禅寺を抜けて天王町からバスに乗った。どうしてバスにしたかというと、通りの硝子窓に寺川牧のポスターが何枚貼ってあるか数えてやろうと思ったからだ。二日も会わないと会いたさがつのり、遣る瀬ないほどの気持ちになった。だが無慈悲にも雨はバスの窓を曇らせ、アリの邪魔をした。

柳水堂の談話室では、窓際の四人掛けに二人がかしこまった恰好で待っていた。花田は例の、法廷に着ていったと思われる背広とネクタイ、力丸はだいぶ窮屈そうなグレーの背広に白ワイシャツという恰好。アリは髪をお下げにしたウエイトレスにコーヒーを頼み、早速用件に入った。

まず力丸に、建設業は会社組織で営んでいたかをたずね、株式会社であることと、いずれ業務を再開するつもりであることを確認した。次に二人に対してこう述べた。今日住職に頼まれた件はぜひ協力してほしい。正式にがれきの受け入れが決まった場合その関係で仕事が得られる可能性があるかもしれない。どうしても困ったときは寺川市長に相談するといいが、その場合は妹の理恵弁護士を通してほしい。

三番目にアリは、リュックから紙包みを出して百万円の束を三つ示し、また包み直した。そしてその包みを二人の方に差し出し、「少ないですが、これを、仕事を始める足しにしてください」と頭を下げた。胸にあった懸案とはこのことで、特別の理由もなく人に金を与えるのは多かれ少なかれ礼を失する振舞だからだ。思ったとおり二人は金を受け取らず卓の上の紙包みの往復が半時間も繰り返された。アリは、花田がまだ四千万近く持っているのを念頭に、この金を最も有効に使う方法はと思案をめぐらせた。

「どうでしょう花田さん、この金で力丸さんにダンプを買ってもらうというのは。がれきの仕事に孫請けで参入できたとしても、道具がなくてはどうしようもないでしょう」

花田がぱっと顔を上げ、小さくうなずいた。この半時間、アリの申出に対し深く思うことがあるのか、ずっと頭を下げていたのだ。

「力丸さん、花田さんは異存がないといってます。中古しか買えないかもしれないけど、そうしましょうよ」

ソフトなアリの口調に、かえって力丸は頑なになった。アリはまた思案し、不労所得を嫌う自分としては自己欺瞞なのは承知で、別の提案をした。

「それでは、この金を力丸さんに投資いたしましょう。あなたは必ず会社を伸ばす人だと思います。だからこれは確実な投資で、僕は配当を楽しみに待っています」

花田がこの提案を後押しした。

「なあ力さん、アリさんの好意、受けたらどうだい。私もときどきダンプの助手席に乗りたいしなあ」

力丸はこの一言に胸を衝かれたらしく、円らな目を潤ませて「アリさん、必ず事業を成功させます。おおきにです」と礼をいった。

アリは紙包みをあらためて力丸に渡し、「若輩者が失礼をいって申し訳ありませんでした」と二人に詫びをいった。それからリュックを持って立ち上がり、「中にはもう何も入っていません。どうか有意義に使ってください」といって花田の手におさめた。

翌月曜日、地元の近畿日報はもとより全国紙の京都版もがれき受け入れを大きく扱い、仏教会が協力に乗り出したこと、鹿鳴寺のミニ向月台はその先駆けであるような論調をとり、がれきの入手については近畿日報が若干問題があるという程度の書き方にとどめていた。これというのも牧の熱涙溢れる決意表明が世論を動かしているからだ、とアリは観測した。

この件に関してはもう自分でやるべきことは何もないだろう。レポートにしようと思えば他所にいても書けるし、被災地の件は記録したものをどうまとめるかだ。それにアフガンやミャンマーはぜひとも行かねばならないし、「アラブの春」の実情もこの目で見、先行きを予測する論文を書きたい。おまけに財産といえば当面のホテル代と航空運賃を賄うほどしかなく悠長に滞在などしていられない。取材のためにさっさと日本を出るべきなのだ。

ただ牧のことを想うと、どうしていいかわからなくなる。一族の力をもってすれば日本に新聞社の支局を置くのも、アラビア語の需要を見越して語学学校を開設するのもそう難しいことではない。第二の故郷と決めているこの京都に定住することだって出来るのだ。

しかし仮に牧さんがオーケーしてくれても、それはあまりに易きにつくことだ。自分はフリーのジャーナリストとして生きよう、一族の世話にならぬと決心して二年しか経たぬではないか。とすれば、牧さんは友達として、ときどき当地を訪れ友情を暖める、といった付き合いにとどめるべきではないか。

だがそれが出来るだろうか。それは自然の感情、健康体を持った天然の自分にひどく背くことではないか。

13　恋の鴨川　駱駝に揺られ

この月曜日、アリは一度近くのコンビニへ出かけた以外ずっと部屋にいて、ミニ向月台誕生の経緯を文章にした。

しかしその間もしばしば牧のことが脳裏にちらつき筆の運びを妨げられた。ああ会いたいなと、十何度目かの溜息を漏らしたとき牧から電話がかかってきた。もう六時を過ぎていて、牧は「あと少ししたら退庁するから、夢兎に来てほしい」とちょっと思いつめたような口調でいい、「金曜の銀閣寺でアルバイト休んだから今日に振り替えられたわけ」と外で会えぬ理由を説明した。アリは即座にオーケーと返事した。

外が暗くなるのを待って、コンビニで買ったきつねうどんを二杯食べ、今日は頭には何も巻かず七時半にホテルを出た。途中三条通りで一度、白川沿いでも一度、少し生臭い草の葉のにおいが鼻をかすめ、おやっと思った。これは駱駝のアニヤのにおいであり、十七年前姿を消してから一度も嗅いだことがなかったのだ。アニヤは生きてるはずがないから、とっさに目に浮かんだのはケマルじいの顔だった。

ケマルに何か異変でも起こったのか。

アリはケマルのことを「じい」と呼んでいるが、むかしからケマル自身がそう呼ばせたからで、まだ六十前の頑健な男である。アリは道々不吉な考えを否定し続け、それでも安心できず、後で直接電話しようと決め、気持ちを落ち着かせた。

今夜の牧は肩を露出させず、長袖の白いブラウスに黒のパンタロン、顔の化粧も薄めにしていた。アリが入っていくと、「いやー、お久しぶりどす」と、ひょうきんな声を出し、アリも「ぶさたいたしました」と調子を合わせた。

「飲物、何にしはります」

「いつものあれを」

こら儲からんわと牧はお母さんの方に笑顔を向け、ジンジャーエールの栓をスポンと開けた。客は右端に観光客らしい男女が一組いるだけだった。

少しして、咳払いらしき音がして明かり障子が開けられ、痩せ型、中背の男が片足を中に入れた。アリはちらっとそちらを見、とたんに驚愕で息が止まりそうになった。ケマル、ケマルじいではないか。鼻の下ばかりかあごにもひげを生やし、背広を着ている姿は初めて見るが、知恵の泉のような賢そうな目、意思的なあご、何本かの額のしわはまさにケマルじいだった。

じいは目を一杯にひらいて店を見渡し、難なくアリを見つけると、後ろにいる女に何か話しかけた。アリは目が合うのを避けるため顔の向きを変えたが、相手の挙動はいやでも皮膚に感じられた。ケマルは自分の方に歩を進め、斜め後ろで足をとめたようだった。アリが身を硬くしていると、肩に軽く手をかけ「アリ坊ちゃん」と呼びかけた。

アリはこれを無視し、牧に向かって「ウイスキー・エンド・ウォーター」と注文を発した。牧は事態が呑み込めないのか聞こえぬふりをしているように見えた。アリがもう一度「ウイスキー」とつよくいうと、やっと不承不承の音色を含ませ、「はいはいはい」と返事した。

「ごめんやす。お客さん、初めてお越しですわな。どなたかのご紹介で」

お母さんがやわらかくそういったとき、ケマルはちょうどアリの右に着席し、通訳らしい小柄な女も隣に座らせた。

「私はこの人に会うために来たのです」

少し遅れてケマルはアラビア語で答え、それを通訳がアリをじろじろ見ながら翻訳した。

アリが英語で通訳に対抗した。

「僕はこの人を知りません。この人が話しているのが何語かも知りません。通訳さん、この人にいってください。ここでは、酒を飲まないやつは放り出されますよと」

アリはとりあえず頭を整理するために便所に立った。確実にいえるのはケマルがはるばる日本に来たのは自分を連れ戻すためであること。捕まえる場所にホテルよりもここを選んだのは女の前では逃げたりしないと判断したからだろう。

席に戻るとアリはウイスキーをぐいと飲み、その勢いで「この方たちにカクテルを」と注文した。断固とした口調でいったので、牧も一言で「はい」と返事した。

カクテルが二人の前に置かれると、アリは英語で次のような口上を述べた。

「隣り合わせた縁でカクテルを進呈させていただきます。隣の方は僕の知り合いだそうですが、僕の知り合いは一人残らず酒飲みです。だから、もし飲めなかったら、知り合いではないことになります」

通訳が同時にこれをアラビア語で伝えた。まさかケマルが酒を口にするとは考えなかったから、これで少しは優位に立てるとアリは計算したのだ。だからケマルが一気にグラスをあけるのを見て仰天し、とっさに椅子を立った。

「ここは仮の席で、あちらが本当の席だったのを、いま思い出した」

アリは水割りを持って先客の隣に移動した。ケマルは本当に酒を飲めるのだろうか、もしそうでなくてここで酔いつぶれたりしたら誰が面倒を見るんだろう。そんな心配をしていたらもう後ろにケマルが立って、湿っぽい声を出した。

「アリ坊ちゃん、元気そうで何よりです。もう国を出て四年ですよ。じいはお懐かしくて涙が出そうです」

アリは片手にグラス、もう一方の手で蝿か蚊を追っ払うような仕草をした。

「どうしてそんなに邪慳にするのです。なぜ席を替わったりするのです」

「通訳さん、この人は何をいってるのです。ここの払いはそっちで持ってくれと懇願してるのですか」

通訳が目を三角にして口を挟んだ。

「わかってるくせに。あなた、アラビア語が母国語でしょ」

「僕はこの顔でも英国生まれのバーンズという男だ。他人の空似ということもある」

「坊ちゃん、無理して酒を飲むのはおやめなさい。こんなもの、どこがうまいのです」

「牧さん、この人、もっと飲みたいといってるようです。どんどん飲ませて売り上げを伸ばしてください」

ケマルは通訳にいわれ、憤然と手を振った。

「要りません。ぜったい作らないでください」

いいながらケマルはアリの左隣に腰を下ろした。牧はケマルのアラビア語を、その気配で理解したらしくカクテルを作ろうとせず、ためにケマルを酔い潰して逃げるというアリの作戦は挫折の憂き目にあった。

さてどうしようかと思案していると、「坊ちゃん、こちらを向いて」といわれ、アリはついケマルの方に顔を向けた。するとケマルが香水吹きのような器具でアリの顔をめがけ何かを噴射させた。それはナツメヤシのにおいのする液体だった。

アリは反射的なほど速く反応し、くしゃみを連発した。前からそうなのだが、ナツメヤシのジュースを飲むと決まってこの症状を起こしたものだ。

「ほらやっぱり、坊ちゃんだ。さあ、じいと一緒にここを出ましょう」

アリは急激に敗色が濃くなったのを感じ、何とか逆転できぬかと思案した。そしてふとあのことを思い出し、牧に「あのときの写真、ここにある」とたずねた。先日ベリーダンスをやったときお母さんが撮っているのを目にしていたのだ。牧もそれに気づき、酒棚の引出しからそれを取り出した。この間にアリは「僕と逃げてください　花見小路の角で待つ」とコースターに記した。

アリはその写真をケマルの前に置き、通訳にこういってくれと頼んだ。

「この写真の男がそちらの探している人物ではないか。この男は祇園という格式高い花街においてそのようなハレンチなダンスを踊った後ぷいと行方不明になった。じつは僕も、懲らしめてやろうと探しているところだ」

ケマルは写真を見て打ちのめされたのか、カウンターに突っ伏して動かなくなった。その隙にアリは牧にそっとコースターを渡した。

「牧さん、梅雨冷えという言葉がありますが、またトイレに行きたくなった」

ケマルの通訳に聞かせるためにそういうと、アリは部屋を出て、二階の登り口にある便所には寄らず靴を履いた。

花見小路の角の建物に隠れ、尾行の探偵のように目だけ覗かせていると、牧が胸をそらせ駆けてきた。五月の草原を行くような軽やかな足取りで、ちゃんとスニーカーを履いている。ただ、逃走にしては大きなハンドバッグを提げていて、何かちぐはぐだった。

「あのじいさん、といっても六十前だけど、ケマルといって我が家のマネージャーです。

亡き主人の二男坊を捕まえに来たらしい」

「どっちへ行くの」

アリは当てずっぽうに南に歩きだし、ここは賑やか過ぎると、すぐ西へと折れた。牧は曲がると同時にアリの腕をとり「祇園て愉しいとこや」とつぶやき、アリの状況認識に狂いを生じさせた。アリとしては遊びで逃げているわけではないのだった。

路地は茶屋や割烹の灯でところどころぱっと明るく、灯のぼんやりした家からも賑やかな笑い声が洩れ、アリもふと心が浮き立つのを覚えた。二人はまた道を折れて南へ歩き、建仁寺の塀に突き当たった。

「どっちへ行こう？　この寺、夜も中に入れるのかなあ」

「石段に座ってケマルさんが諦めるのを待ちますか」

「しかし建仁寺も危ないな。僕が座禅することは調査済みやろうから」

「折角や、塀の外から拝ましてもらお。願い事もあることだし」

牧が塀に向かって手を合わせたのでアリもそれに従った。道すがらにしては長い合掌が済むと二人は少し西へ行って右折し、北への細い路地に入った。ここも寺の塀が続く静かな場所で、ケマルの射程もここまで及ぶまいと、アリは歩度をゆるめた。牧はまたアリの腕をとり、その腕を軽く揺さぶった。

「アリさん、何か願い事したの」

「ああ、したよ」

「どんなこと」

「イスラムの祈りには二通りあって、神への感謝の祈りと、『ドゥアー』といって現世利益をお願いするものがあり、僕は生まれて初めてこのドゥアーの祈りをやった」

「現世利益というと、わたしのお願いしたのもそれやわ。がれきの受け入れがうまくいきますように、ではなくて、もっと個人的なこと。アリさんは」

「今は逃走中で、それを明かしているひまはない」

牧は「うーん、このー」といって地面を蹴り、足をとめた。

「一つお聞きしたいのですが、あなたはなぜ捕らえられるのですか。何かお国で悪いこと、したのですか」

「日本と犯人引渡し条約がないから、ケマルが直接出向いてきたのかな」

「あなた、冗談いってるひま、ないでしょう」

「心当たりがあるといえばあります。じつはこないだから連日尾行されていて、暗殺されるのかと思いましたが、尾行者を捕まえて白状させたのです。単に僕の行動を探っているだけだといったのですが、ケマルが来日するための下調べをしてたのですね。今晩それがわかりました」

「ケマルさんはなぜあなたを連れて帰りたいわけ」

「それが僕にもよく……」

「ねえアリ、お嫁さんが決まったのとちがう」

「建仁寺さんから、そんなお告げはなかったけどね」

「あなた、お嫁さんが決まったとわかったらお国へ帰るの」

「どんな嫁さんが僕に向くのやろ」

「わたし、最近少し勉強したんです。アラブの人たちは、いとこ同士結婚する習わしなんでしょう」

「そうならんように、僕は逃げなければいかんのです」

「本当に？」

「牧さんはこの逃走に対し、もっと真剣に取り組んでほしいものです」

道は東西に通じる路地と丁字で交わり、突き当たりも寺であった。それを西の方へ曲がると、アリはこの夜に何か足りないものがあるのに気づいた。それは花のにおいであった。

「くちなしの花の時季、もう終わったのやろか」

「何を言い出すの、こんな取り込み中に」

「それはケマルがベドウィンだからです」

「えっ、どういうこと」

「つまり彼は砂漠の民で、カスバの迷路は苦手なんです。そやから、これだけ路地を回ると、ついて来られないはずです。そのことに突然気がつき、くちなしに心を移した次第です」

牧は何とも応えず、五、六歩行った所で「晩ご飯食べてへんね、お腹が空いて死にそうや」と急に足を早めた。そうして大和大路に出るとアリを引っ張って走りだし、同時に「マサルちゃーん、待って」と呼ばわった。ちょっと先で店の暖簾をはずしにかかっているのがそのマサルちゃんで、「牧ちゃん、どうしたん」と人の良さそうな顔をほころばせた。「なんか、食べさせてほしいね」「もう看板なんやけど」「頼むわ、わたしら人に追われてるんや」「誰にや」「ひげを生やした、頭突きの強そうな初老のアラブ人や。女の通訳もついてるわ」「へえー通訳つきで、追いかけて来よるんか。へえー」「感心してんと、早う中に入れて」。

マサルは二人を中に入れ、表の戸締りをし、店の灯も半分にした。この店はうどん屋で、おはぎなどの品書きも壁に貼ってあった。牧はきつねうどんと大福餅を一個注文し、「アリさんは」とたずねた。「僕も同じにします。ただし大福は結構です」と答えると、「きつねは三人分」と牧は指を三本立ててマサルに注意をうながした。「いやいや僕は一人前で十分です」とアリはそれを訂正し、「晩飯に二杯平らげたもんでね。きつねうどんをですが」とそのわけを説明した。マサルは口を押さえ転げるように調理場へ姿を消した。牧がそっちの方を見ながら「彼、小学校の同級生や、やっぱり同級のここの娘と恋愛し、結婚したわけ」とこの店との関係を簡潔に説明した。

五分ほどしてうどんと大福が運ばれてきた。マサルはそれを卓においてからもぐずぐずしていた。

「あのな牧ちゃん、間違うてたらご免やけど、ひょっとしてお二人、駆け落ちとちがうんか。なんや、愉しそうに見えて仕様がないね」

「それ、同じいうなら、恋の逃避行ていうてほしいわ」

「やっぱりそうか。ほんなら嫁はん呼んでくるわ。風呂屋に行ってるんやけど、ほっといたら一時間ぐらい浸かっとるさかいな」

「なんでクミちゃん呼んでこんならんの」

「牧ちゃんかて衣類やなんかいるやろ、同じ下着、穿きっぱなしではなあ」

「あほ。よけいな心配せんと、ビール持ってきて。必死に逃げて喉が渇いたの」

マサルは硝子仕様の冷蔵庫から大瓶二本を出してきて、「一本はサービスや。どうぞごゆっくり」といって引きさがった。二人は無言でコップを高くかかげ、一気に飲み干した。

「アリさん、うちの店でウイスキー飲んだけど、平気なの」

「前にロンドンで一度飲んだことがあります。ちょっと体に変調をきたしたけどね」

「悪酔いしたん」

「うーん、見方によってはよい方向に向かったともいえます。人類繁栄のためにはね」

「アリ、もっと飲みなさい」

牧はうどん一杯食べ終わるうちにビールを三杯飲んだ。目のふちがほんのりピンクに染まり、理知的な、ときとして人より遠い所か内面の何かを見ているような目に薄靄がかかり、眠そうにも見えた。

「アリ、これからどうするの」

声はしっかりしていて、叱りつけるようなひびきがあった。

「ケマルじいは、ギブアップしたと思うけどね」

「とにかく店に電話してみよう」

牧は夢兎に電話し、ふんふんと三十秒ほど聞くと「心配せんといて。あなたの娘、二十八どすえ」で話を切り、アリに対し「じいはわたしたちの後すぐに店を出たそうです。あなたの分だといって無理やりお金、置いていったそうよ」と結果報告をした。

「アリさん、これからどうするの」

牧がまた同じことをたずねた。一度目よりだいぶトーンがやわらかく、そのくせ目はさっきよりはっきりしていた。アリは、も一度夢兎に戻ったらどうだろう、ケマルはふたたび現れるだろうか、まあそのときはまた逃げ出すかなどと呑気な見通しを立てた。

「アリ、今晩、ホテルに帰るつもり」

「うん、そのつもりだけど」

「向こうはちゃんと調べているから、ホテルで待ち伏せしていると思うよ」

「ホールは広いから、すたこらと逃げる」

「フロントで待ち受けていて、キーを受け取ろうとするあなたに、アリ坊ちゃんと泣きつかれたら、それでも振り切れるの」

いわれてみればそのとおりで、ケマルに対し最後まで冷淡に振舞う自信などない。だから対面するのは極力避けねばならず、だとすると、ホテルを変えるしかないだろう。さいわいにして、京都で少しは顔が利くと自称する牧が目の前にいる。

「仰せのとおり、あっちは危ないな。それで牧さん、どこか、ええ宿知ってますか」

「わたしも、それ、考えてたんや。ええとこあります」

「どの辺です」

「うちからすぐの所や」

「和風旅館とちがいますか。一組か二組しか泊めないという」

「一組だけです。もぐりでやってるとこです」

「それは面白いな」

「あのね、アリさん、ここまでいうて、わからへんの」

「はあ、さっぱり」

むろんアリはわかっていた。牧の目がさっきよりも濡れ、瞳の奥に羞恥の色とも見える淡い灯が点ったからだ。

「うちの離れです。表から入って土間伝いに行けるから店の者には気づかれしまへん」

「お母さんに内緒で、入るんですか」

「前もって連絡するんか。わたし、何といったらええの」

「牧さんの部屋、僕の泊まる部屋と離れてるんでしょうか」

「もしそうやったら、家じゅうを歩き回らはるんか」

アリは大笑いし、お蔭で苦しくなってビールを喉に流し込んだ。

久美《くみ》ちゃんがお湯から帰る前に勘定をし、「この恩義、一生忘れへんし」と勝《まさる》に礼をいって、横の路地から外に出た。もう細い路地は通らず大通りを堂々と行こうと、牧はアリの腕をとった。四条通りがヴァージン・ロードや、わたしは父親不明だからアリは父と夫の二役をやるわけか、などと浮き浮きしながら大和大路を右に折れようとしたら、そっちから二人、男と女が飛んで来て通せんぼをした。

「あっ、ケマルや。なんでわかったのかな。この体、駱駝のにおいがしたのかもしれんな」

アリはいったん足をとめ、牧に「中央突破で行く」と命令を出し、ケマルにはまあまあと両手で相手をなだめる恰好をした。そして「あれあれ」と叫んで上を指さし、三秒ほど空を見上げた。相手二人もつられて上を見た。その隙にアリは「あっち」と四つ角の左端を牧に指し示し、そちらへと突進した。アリはその勢いのまま南座の前、四条大橋を疾走し、牧はこれに従った。アリは後ろを一度も見ないで、それが彼の全速を出すやり方なのか背後に反り返るようなスケールの大きな走り方をした。しかし、人通りの多いこともあるが、牧はやすやすとアリについていけた。最近読んだ本で、駱駝は時速二十キロぐらいしか出せないとあったのを牧はふと思い出した。

二人の逃走は、四条河原町を北へ行って二筋目を東に折れ、木屋町を下がってまた四条通りに出、大橋の西詰めから鴨川堤に降りるという経路をたどった。階段を降り堤の道に入ると、牧はまたアリの腕をとった。スニーカーの底に土にまじって草のさくさくした感じが伝わってくる。道沿いの小島のような原っぱから雑草が伸びているのだ。

「ケマルじいも、ここまでは追って来ませんよ」

アリはそういいながら指を宙に立て、その指をゆっくり回転させた。

「アリさん、何してるの」

「風向きを見ているのです。今は南風だから、四条通りでうろうろしているケマルには僕の体臭はとどきません」

牧はアリのその予測を頭の半分で信じたが、あとの半分であの二人が前方から現れる場面を予感した。

もっともこの堤は先斗町の床の灯りで、わりと明るい。夏になると茶屋や料理屋が高い桟敷を設け、提灯をいっぱいに飾るのだ。そのうえ三条大橋の街灯や対岸の灯などを水が映し、その明るさもあってケマルの姿は遠くでも見てとれる。そうしたらまた逃避行すればいい。

牧はなんだかとても愉しくなった。紅や黄の提灯が桟敷を囲み、紐に吊るされ宙に揺れる光景は、桜の頃の都をどりを想い出させた。浮き浮きと華やかで、ちょっぴり切なく、逸楽の甘い香りを漂わせ……。

ああ自分はどうして、と牧は考えた。アリともっと早く出会わなかったのだろう。市長なんて柄にも合わぬ重荷を負う前に。

いやいやと牧は即座に思い直した。自分が市長でなかったらアリとはこうならなかったのだし、ケマルも追跡を諦めたようだからアリも帰国しなくて済むのではないか。

川の面に高いビルのネオンが反射し、ゆらゆら揺れていた。赤、青、緑の原色が水に薄まり、それにまた岸の灯が溶けてモネ風の光彩をにじませている。牧がそちらを指さし、アリさん、ほらあそこ、あそこから花のにおいが、といおうとしたときである。後ろからバタバタした足音と粗い息づかいが聞こえた。はっとして後ろを見ると、ケマルと女の通訳で、ケマルは足を引きずりながら手をピストンのように漕いでいた。後ろから現れるとは考えもしなかったが、そんなことより足が気がかりだった。アリもそれに気づいたらしく、すぐに防衛行動は起こさなかった。

「ねえアリ坊ちゃま、休戦しなきゃいけないのとちがう」

「芝居かもしれへん。いや、じいはそんな器用な男じゃないな」

このやりとりの間にケマルは追いつき、喉から絞り出したような悲愴な声で立て続けに何かいった。牧にはそのアラビア語の「アリ」だけがわかった。

「ねえ、ケマルじい、何ていってるの」

「声が大きいよ。隣を走るポンコツ列車がケマルという名であることを、僕らは知らないんだからね」

「ねえ、彼、国へ帰ろうといってるんとちがう」

「どうしてそんなに逃げるのです。じいは地球の端からはるばる来たのですよ。アリ坊っちゃんはそんなに冷たい人ではなかったはずです、を繰り返してるんや」

「あなた、じいに恩義があるんじゃないの」

「まあ、それはたくさんな」

アリは歩調をゆるめ、通訳に向かって英語で「そのおじさんに、少し黙るようにいってください」と頼んでから、次のような話をした。

――彼はベドウィンだが、その部族はある時期から湾岸に定住し海賊をなりわいとしていたらしい。それがもっと強大な海賊に叩きのめされ一族は四散して、彼も十歳ぐらいで我が家に雇われてきた。下男と駱駝の飼育係だったが、父と同い年で、賢いうえに気立てがよいから一目置かれるようになり、やがて家の番頭的存在になった。家の敷地にナツメヤシの葉で屋根を葺いた平屋建てをあてがわれ、ずっと独身を通し、今もそのはずだ。自分は小さい頃、夜にそっと彼の家へ忍んで行き、ベドウィンの話をよく聞いたものだ。じいはカルダモンという香料を入れたアラビアコーヒーをご馳走してくれ、天幕での大家族の賑やかな食事、貧しさの中で人を歓待する喜び、わずかな水を行き倒れの旅人と分かち合うことなどを語った。自分が五年のとき砂漠に出かけ野宿したとき、捜索のヘリコプターから一番に自分を発見してくれたし、妹のことで兄を失神させ父を怒り狂わせたとき割って入ってくれたのも彼だった。そうそう、彼から頼み事をされたこともある。英国留学するとき、懸命に勉強してアングロサクソンを打ち負かしてくれと懇願されたのだ。なにせ、彼の一族を倒した大海賊というのが英国海軍なんだからね――。

アリがここまで話す間に四条と三条の中間ぐらいの所に来た。相手の出方を見るためかアリは少し歩調を早め、牧もケマルの足を気にしながらこれに従った。ケマルも遅れじと腕の振りを早くし、口のほうも先ほどより闊達になった。アリに何か質問しているようで、それが牧には同じことの繰り返しと聞こえた。アリに翻訳を頼んでも、いっこうに応じる気配がないので、とうとう女の通訳に頼もうと思いついた。彼女は背が低いためか小走りでやっとついてきていた。

「済みませんけど、あなた、ご一緒の方の言葉、通訳していただけませんか」

いわれた通訳は一瞬びっくりして足をとめ、それからアラビア語でケマルに何かいった。うんうんとケマルが大きくうなずいた。

「この方はこう申しておられます。アリ坊やはその女の人と体をくっつけているが、どういう関係なのか。その人は市長という偉い人だそうだが、もう貯金のないあなたがこのまま日本にいて、どうしようというのか」

牧は小声で「今の訳、正しい?」とアリにたずねた。

「おおむねよろしいが、女の人と体をくっつけてというのは正確ではないな。じいは、女の人に体をくっつけられてといったんです」

牧は「まあ」といってケマルの方をにらむふりをし、体の密着度はそのまま保った。ケマルのいわんとするのは、そんな女にかかずらうのはやめて故郷に帰りましょうということだろう。さらにいえば、いとこを嫁さんにして落ち着きなさいとすすめているのである。

牧はケマルの足に同情して損をしたような気分になった。はてさて自分はどのような行動をとるべきか。

　とそのときアリがふいにしゃがみこみ、首を指して「ここに跨ってください」といった。牧もさすがに即応しかね、うーんと自分でも意味不明の声を洩らし、体をもじもじとさせた。

「肩車するんや。さあ丹田に力をこめて」

　丹田と聞いて、牧はアリのおへそを思い出した。黒いボタンのようなあれと、その上と下のちょろちょろとしたつらなりを。牧は急に体が熱くなり、頭がぼうっとなった。気がつくとアリの前に出て腰をかがめ、脚と脚の間に空間を作っていた。アリはそこに頭をもぐらせ、牧の両脚を抱えると、「えいっ」気合を入れて起き上がった。

「ひやー、高いなあ」

　牧は、右手にハンドバッグを持っているので左手でアリの額を巻くようにした。

「牧さん、僕、豆の木になってええやろか。そしたらズボンの丈も伸びるかな」

「アリ、真面目にやりなさい。鴨川渡って、早う夢兎の土間へ急ぎなさい」

　アリは牧のいうことは聞かず、肩を揺すったり、酔っ払いのように右へ左へ足をよろめかした。けれど不思議なことに、そうされても高所恐怖症は起こらなかった。

「やめてやめて、お願い、落とさんといて」

「この駱駝、人を落とした前科があるそうですが、今夜はそうはさせません」

「ほんとよ。ほんまに落とさんといてね。ずっとずっとよ」

「はい、はい、エデンの園の朽ちるまで」

ケマルが何かしきりと言い立てている。いかにも武骨そうな、鑿で粗く削ったような顔に必死の表情が浮かんでいた。アリが歌うような調子で通訳に話しかけた。

「通訳さん、その人にいってやってください。アラブの男だったら、女を首に跨らせ、ふざけ散らすような真似は絶対にしないでしょうと。だから京都市長と戯れている男は探しているアリとかいう人間であるはずがないと」

アリが話している間に「あら、市長さん」と前方から甲高い女の声がした。いけない、総務課の中村嬢と、隣にいるのはたしか建築課の石山君といったかな。彼は、地震になったらここが一番危ないですと今の市長室を教えてくれた正直な男である。すると石山君は、この場のことも正直に人に伝えるのだろうか。まあいい、堂々とするのが自分のポリシーではないか。といってこの状況では、デートしてるんやと告げても彼らはそれを信じないだろう。牧はここまで考えてふとケマルの跛行に目がとまった。そうや、これを使わせてもらお。

「あなたたち残業、ご苦労さま。わたし、ちょっと足挫いてね、この方に府立病院まで運んでもらうの。なに、大したことないの」

牧はそういって、バイバイと手を強く振ると、相手もつられて振り、何とか難局を切り抜けられた。

三条大橋まで来ると、「ここ、くぐるから頭を下げて」とアリにいわれ、橋桁はまだ高いのに牧は言葉に従った。顔がアリの額の横に来て、ちょっとの振動で毛の生え際に唇が触れ、三度目に触れたとき牧はチュッと吸った。向こう側に出るとアリが「さあ顔を元に戻して」と命令し、「橋の下、案外好きや」といって足を抱える手に力を入れた。

三条と二条の中ほどに来たときだった。並進するケマルの方からウーウーと嗚咽のような声が聞こえた。

「ケマルじい、泣いてはるんとちがう」

「まさかなあ。じいは砂漠で僕を発見し、ヘリから駆けてきたときも泣かなかったからね。一度も泣き顔を見せたことのない男や」

いいながらもアリはケマルをじっと見て、とうとう通訳に声をかけた。

「その人、どうかしましたか。具合悪いのか聞いてくれませんか」

ケマルはときどきしゃくりあげながら、とつとつと話し、アリは知らないはずのアラビア語を日本語に同時通訳した。

「兄さんが膵臓癌で余命いくばくもありません。自分が今まで黙っていたのは、話すとあなたがかえって帰国しないのではないかと思ったからです。兄さんの後釜を狙って帰ってきたと思われるのが嫌さに、です。じいはアリ坊ちゃんに自由に生きていただきたいだけです。ただ兄さんの息のある間に帰って、仲直りしてほしいのです。どうかどうかそうしてください、お願いですから」

「アリシャール、ケマルじいに挨拶しなさい。それにお互い積もる話があるでしょう」

アリはこれに素直に応じ、牧を降ろしてケマルの前に立った。

「じい、僕だよ、ほら、アリだ、アリだよ」

牧もこれぐらいのアラビア語は勘で理解し、二人が当然抱き合うだろうと注視していると、そうはならなかった。ケマルがくるりとアリに背を向け、しばらくそのまま佇立したからだ。どうやら涙を見せまいとしたらしく、向き直ったその顔は武人が祖国に帰国したような静かな微笑を湛えていた。

二条に来るまでアリとケマルは話し続け、そこで通りに上がると、ケマルは通訳を解放し、アリは牧を引き留めた。「そやけど、積もる話があるでしょう」というと、「僕の心はまだ君を肩から降ろしてへんからね」とぎゅっと牧の腕を摑んだ。ケマルもアリと同じホテルに泊まっているそうで、タクシーをつかまえ、後ろにケマル、アリ、牧の順に座りホテルに向かった。アリとケマルはまた話を再開し、車が東山通りを渡るとアリはスイッチを切り替え牧の方に向いた。そして運転手に聞こえないほどの声でこういった。

「僕、先に部屋に入ってるから、トイレかどこかに寄り道して、少し遅れて来てほしい。積もる話があるさかい」

「じいの足、だいじょうぶなの」

「履きなれない靴でマメが出来たらしいわ」

「あのねアリ、今晩はケマルさんと過ごしたら」

「僕、とりあえず明日ケマルとあちらへ帰るから、気ぃ遣わんでええ」

アリは部屋番号を教え、ちょっと目を細めて「いいね」という顔をした。牧はこっくりうなずいたが、すぐに番号が違うのに気がついた。小さな声で「部屋、変わったん」と聞くと、「ケマルとチェンジしたんや。あっちのほうが目茶苦茶大きいんや」と答えた。

牧はいわれたとおり洗面所に行き、化粧を濃い目に直し、「はい、たしかに京都市長です。でも今夜は市長と呼ばれても返事しませんよ」と独り言をいいながら胸を張ってエレベーターに乗った。

ケマルの部屋は、中に三つの部屋を収めていた。入ったところが控えの間で、花模様を彫刻したドレッサーとマホガニーの安楽椅子が二脚置かれていた。むろん三部屋は扉でつながっていて、牧は「見学していい？」とアリに断り、残る二部屋を見せてもらった。今の自分の立場より好奇心に動かされたのだ。ひと部屋は会議室らしく十人用ぐらいのテーブルと幅の広い映写用のスクリーンが目についた。牧は、じいがなぜこの部屋を予約したのか理解できぬまま隣に移った。そこは調度の種類など普通のルームと変わらないがすべてにおいて豪華でサイズが大きかった。

牧が十秒ほどかかって部屋を眺め終わると、窓辺で夜景を見ていたアリが向き直った。

「僕、どういう具合に部屋をチェンジすることになったかわかりますか」

「さあー、タクシーの中で決まったということはわかるけどね」

「じい、こっちへはいつ来たのかと聞くと、夕方着いたばかりですと答えたので、こんな会話になった。ベッドに横になって一休みしたのか。いいえ、まだ使っておりません。それの広さはどのぐらいあるのか。坊ちゃんの寝台はどうです。シングルで、狭くて寝返りも打てない。それはお気の毒に、私のは三人でも寝られるほどです。どうだ、じい、今晩その寝台を僕に使わせてくれないか。部屋を変えるんですね、はあ、それはアリ坊ちゃまのお望みとあれば……。じいは何か考えているな、こちらの女性に失礼な想像なんかして。たしかにその方とアリ坊ちゃんの二人の姿を目に浮かべましたが、それが失礼なことでしょうか。じい、失礼とは思わなかったのか。あなたに、いとこを娶らせるのは、雄の駱駝に子供を産ませるより難しいです、どうかじいの部屋、使ってください」

牧は思わず大声で笑ってしまった。笑いだすとなかなかやまないタチなので、それではいけないとアリの胸を叩いてごまかした。

ようやく笑いがおさまると、アリが姿勢を正し「一つ、お願いがあるんやけど」と言い出した。恐ろしく真面目な顔の中に、露を宿した目がきらきら輝いていた。

「ちょっと時間をください。アッラーに祈りを捧げたいんです。僕、感謝の気持ちで胸がいっぱいなんや」

アリのその気持ちはたちまち牧に伝染した。

「どうぞ、祈ってください。わたし、座禅するさかい」

「牧さん、そのあとで祝杯はどうです」

「それはうれしいけど、変なイスラム教徒やね」

アリはルームサービスに電話し、三十分後に最高のシャンパンを持ってくるよう注文した。

　アリが祈りに入ると、同時に牧はソファの上で座禅を組んだ。今夜は心を無へと集中することなど出来そうになかった。せめて形だけをと始めたのだが、そのうち不思議なことが起こった。瞼に、列車の窓から外を見ている自分の姿が映り、その自分の目に被災地の光景がつぎつぎと現れた。そしてそれが大川小学校に変わると、人の目らしいものがすーっと入ってきて、学校と二重写しになった。なんだろうこれはと考えながらふと列車の中に視線を移すと、一人の男がこちらを見ている。二列向こうの四人掛けに色の浅黒い精悍な顔がじっとこちらを見ている。じっとじっと気遣わしげに、こよなく慈愛のこもった眼差しをして。

　牧は、座禅中に現れたこのイメージを実体験のように活き活きと感受した。そうだ、石巻発十時五十一分の列車の中で、二人の気持ちはもう通じ合っていたのだ。

　祈りが済むと間もなく、シャンパンが運ばれてきた。アリは伝票にサインし、牧に片目をつぶりニヤッと笑った。ボーイが出て行くのを見て牧がたずねた。

「シャンパンを取ること、タクシーの中でケマルじいに断ったの」

「いいや。ねえ牧さん、僕、誰のサインしたと思う」

「あなた、ケマルと書いたの」

「それが、書いたとたんに忘れてしもうた。どっちにしても会計係はアラビア語読めないから、勘定はケマルのほうに行きます」

二人はソファに並んで座り、「ケマルありがとう」と唱え、乾杯した。

アリは酔っ払わないうちに、とグラスを遠ざけ、頼みたいことがあるといって、花田舞の父親と刑務所友達の力丸について簡潔に話し、理恵さんを通じて相談が来たらよろしくと頭を下げた。それからアリは「よいしょ」と掛け声もろとも立ち上がり、牧の向かいの席まで足を運ぶと、急にかしこまった。

「どうしたの、アリシャール」

「断っておきたいことが二つあります。一つはジャーナリストとしての収入で家族を養えるようになるまでプロポーズの資格がないことです。二つ目は僕、ベドウィンですから定住に向かないし、自身その気がないということです。しかし、いつでも帰れる天幕を一つ持ちたいのです。すごく持ちたいのです。それが牧さんであれば、僕はその天幕を一生大事に守り続けます」

これはいったいプロポーズなのだろうか。まだまだ先に、離れて暮らそうというのであり、夫婦二人で一つの巣を作るという市民感覚からすれば、ふざけた言い草である。けれど、誠実といえばこれほど誠実な男もいないのではないか。牧はグラスを持ち、アリにいっぱい注がせてから、言葉にふわふわした感じを持たせ、こう返事した。

「おおきにアリシャール。なんや遠くに希望の星がいくつか見えるようで、うちはそれでええような気がするけど、リベラリストのお母ちゃんにも聞いてみるわ」

アリが元の席に戻り少し経ったとき、ドアがノックされた。

「ひょっとして、じいのマメ、つぶれたのかな」

そういって椅子を立ったアリだったが、奇声を上げて戻ってきた。両腕いっぱいに深紅の薔薇を抱えているのだ。

「わあ、どうしたの、こんな遅い時間に」

「当ホテルのサービスは昼夜を問わないそうや」

「ホテルがサービスしてくれたの」

「いや、ケマルや。カードに、駱駝の朝は早い、と書いてある」

「じいが花のにおいをくれたんやね。わあ、とてもいいにおい」

「僕、この花、もう十秒だけ抱いてることにするわ」

「えっ？」

アリは一、二、三と十まで数えると花束をテーブルに置き、振り向きざま電光石火に牧を抱え上げた。牧は恥ずかしさのあまりアリの首根っこに顔を押しつけ、「アリ、アリ、どこへ行くの」と少々ピントはずれな言葉を口走っていた。

この夜牧の耳には健やかな男の寝息だけが聞こえ、かのスタバート・マーテルの歌声は流れてこなかった。

翌日、アリはケマルとともに故郷に帰り、その日に兄を見舞い仲直りした。それから十日ほどして牧から航空便が届いた。中には新聞記事のコピーが二枚入っており、一つは市議会の圧倒的多数ががれき受け入れに賛成したこと、もう一つは市長宛に匿名の郵便で、浄財を寄付しますと記したメモと、京都駅前のコインロッカーの鍵が送られてきたこと、ロッカーを開けたらカーキ色のリュックサックに三千万円入っていたことが書かれていた。

それと、牧の手書きの一文が同封してあったが、次のとおり、じつにあっさりしていた。


こないだ家の納戸を整理していたら、渡辺はま子さんという歌手のSPレコードが出てきました。曲の題は「何日君再来」。博学のアリシャールならこう邦訳するでしょう。

いつの日君帰る。

著者略歴
小川征也（おがわ・せいや）
昭和15年、京都市に生まれる。
昭和38年、一橋大学法学部卒業。
昭和39～42年、衆議院議員秘書を務める。
昭和43年、司法試験合格。昭和46～平成19年、弁護士業務に従事。
著書＝エッセイ『田園調布長屋の花見』（白川書院）、
小説『岬の大統領』（九書房）、
『湘南綺想曲』『KYOTOオンディーヌ』（作品社）ほか。

恋の鴨川 駱駝に揺られ

二〇一三年九月一〇日 第一刷印刷
二〇一三年九月一五日 第一刷発行

著　者　小川征也
装　幀　小川惟久
発行者　髙木　有
発行所　株式会社 作品社

〒一〇二-〇〇七二
東京都千代田区飯田橋二ノ七ノ四
電話　(〇三)三二六二-九七五三
FAX　(〇三)三二六二-九七五七
振替　〇〇一六〇-三-二七一八三
http://www.sakuhinsha.com

本文組版　米山雄基
印刷・製本　シナノ印刷㈱

ISBN978-4-86182-451-7　C0093